D0775669

La massothérapeute

Maia Loinaz

La massothérapeute

roman

ÉDITIONS
MARCHAND
DE FEUILLES

Marchand de feuilles
C.P. 4, Succursale Place d'Armes
Montréal (Québec)
H2Y 3E9
Canada

www.marchanddefeuilles.com

Mise en pages : Roger Des Roches
Couverture : Caroline Moore (illustration),
Marie-Josée Georges (graphisme)
Direction artistique : Isabelle Côté
Infographie : Marchand de feuilles
Révision : Hélène Bard

Diffusion : Hachette Canada

Les Éditions Marchand de feuilles remercient le Conseil des Arts du
Canada ainsi que la Sodec pour leur soutien financier.

| Conseil des Arts du Canada | Canada Council for the Arts | Société de développement des entreprises culturelles Québec | Conseil des arts et des lettres Québec |

**Catalogage avant publication de Bibliothèque et Archives nationales
du Québec et Bibliothèque et Archives Canada**

Loinaz, Maia

   Massothérapeute

   ISBN 978-2-922944-55-6

   I. Titre.

PS8623.O38M37 2009   C843'.6   C2009-940501-6
PS9623.O38M37 2009

Dépôt légal : 2009
Bibliothèque nationale du Québec
Bibliothèque nationale du Canada

Pour survivre, il faut savoir se détacher. C'est vrai tout le temps, à chaque moment. Au début, c'est plutôt difficile. On répète l'erreur de débutant, c'est-à-dire faire le don de soi. Le don de soi, ça ne fait du bien à personne. Celui qui donne est toujours déçu parce que celui qui reçoit ne le fait jamais assez bien. On vit quelques frustrations avant de se rendre compte que tout ça n'en valait pas la peine et qu'il vaut mieux apprendre à faire un pas en arrière au lieu d'en faire un en avant. Avec le temps et la pratique, ça devient un réflexe. À tel point que certains jours, je me demande même si je sens encore quelque chose. J'ai fait la gaffe d'appliquer cette hygiène de vie partout, dans toute ma vie, pas seulement dans mon métier. À force de ne pas vouloir me laisser envahir, j'ai fini par devenir une forteresse.

Article 29

Le membre doit subordonner son intérêt person-nel à celui de son client[1].

---

1. Tiré du *Code de déontologie de la Fédération québécoise des massothérapeutes*, 2008.

La première chose que je fais quand tout est terminé, c'est éteindre la musique. Le chant des baleines, je ne suis plus capable. J'ajuste la lumière au maximum. L'obscurité, je ne suis plus capable non plus. Aussitôt, je me sens mieux, comme si j'étais revenue à la vraie vie.

– Si tu veux, j'ai le tome trois du *best of* de la musique tibétaine. C'est super bon.

Louis est accoté à mon cadre de porte. Il mange un biscuit macrobiotique brun qui, selon toute vraisemblance, n'a pas été cuit. Il vient de finir lui aussi.

– Ouais, je vais l'écouter demain. Merci.

Je ramasse les draps sales et les mets en boule dans un coin de la pièce. Je refais le lit rapidement pour m'en aller le plus vite possible. Je coince le traversin sous la table. Je lisse les draps et tourne la couverture de polar à l'envers pour cacher les taches incrustées d'huile. Louis me regarde sans me proposer son aide. Il est très occupé à mâcher son biscuit. Les aliments crus sont toujours longs à mastiquer. Sa mâchoire a l'air d'accomplir un travail insensé. J'ai quasiment peur qu'elle se décroche. Je me retiens de lui dire que la mandibule de l'être humain a d'abord été conçue pour découper la viande crue, mais que le mélange végétal de graines de tournesol, de graines de lin et de quinoa a l'air d'être totalement inadapté à notre anatomie. Louis me regarde sans jamais arrêter de mâcher et je repense à la première fois où j'ai goûté à des sushis. Mon beau-frère de l'époque avait jugé bon de commander un sashimi de calmar. Je l'ai eu dans la bouche pendant vingt minutes avant de l'avaler d'un coup. Je ne raconte pas l'anecdote à Louis. Il ne mange plus de viandes, de poissons, de crustacés, de produits laitiers et d'œufs depuis dix ans. Je n'ai pas envie qu'il vomisse sur le plancher. Je travaille ici, demain.

J'aime bien Louis. J'aime son côté décalé du reste du monde. J'aime qu'il soit cool et qu'il ait une solution naturelle à tous les maux de l'humanité. « Je ne comprends pas pourquoi les femmes se font poser des prothèses mammaires. Tout ce qu'elles ont à faire, c'est de manger du poulet et de boire du lait. C'est tellement bourré d'hormones, ces affaires-là, qu'au bout de quelques semaines, elles vont avoir des grosses boules, c'est sûr. »

– Qu'est ce que tu fais ce soir ?

Je ne me retourne même pas vers lui. Je remets en ordre la petite tablette sur laquelle s'entassent les huiles essentielles et les crèmes de corps. Les bouteilles laissent un cerne gras où la poussière vient se coller.

– Je ne sais pas. Je travaille demain. Sûrement pas grand-chose.

Je ne me sens pas obligée de retourner la question à Louis. D'abord, je me fous totalement de ce qu'il peut faire ce soir et deuxièmement, c'est une des rares personnes que je connaisse qui ne pose pas une question pour se la faire demander en retour. Quand j'y pense, je trouve que ça en fait un interlocuteur drôlement précieux.

J'éteins la lumière, attrape mon sac et m'éclipse en douce pour éviter de participer au ménage de fermeture. Les esthéticiennes s'affairent à laver des tasses et à désinfecter des pinces à sourcils. Elles profitent de l'absence de clients pour parler à voix haute. J'arrive à la réception du spa et attends que la fille derrière le comptoir me refile la boîte contenant mes pourboires de la journée. Je soupire devant l'unique billet de dix dollars et le fourre dans ma poche avec violence. Je serre les dents. J'ai encore gaspillé mon énergie à masser des *cheaps*. Si je n'étais pas dans un endroit public et de surcroît sur mon lieu de travail, je pourrais pleurer de rage. Je sais que ma réaction est démesurée, voire dangereuse, mais elle est incontrôlable. Comme une vague, l'émotion me submerge complètement avant de disparaître et de laisser sur moi une vieille couche d'algues.

Je rentre à pied, en traînant mon vélo. Bouger me fait du bien. Être debout toute la journée fait gonfler mes mollets. Le sang commence enfin à se répandre dans les autres membres de mon corps. Malgré l'heure tardive, le soleil est encore là. Je ne l'ai pas vu de la journée dans mon local dépourvu de fenêtre. Je lève mon visage pour lui dire bonjour. *Bonjour, soleil!* Évidemment, je suis en train de me couvrir de ridicule dans une des rues les plus passantes de la ville. C'est la faute de Louis. Je casse la croûte régulièrement avec lui et il n'en finit plus d'appeler la Terre son amie. Pourtant, je suis bien, j'en suis presque étonnée moi-même. Les nuages ont commencé à prendre une jolie teinte rosée. Les commerçants font griller des saucisses sur le trottoir. De la musique rythmée sort des restaurants branchés. Je voudrais que ma marche ne se termine jamais, que je puisse passer ma vie comme ça.

• • •

Yannick est là. Il est assis sur le balcon, boit une bière et fume des cigarettes. Au lieu de l'embrasser et de lui sauter au cou, je lui vole sa bouteille et me sers dans son paquet. Théoriquement, je suis une non-fumeuse. Et j'ai depuis longtemps saisi que la pratique n'a rien à voir avec la théorie.

– Ça va ?

– Ça va. Toi ?

– Pas mal.

Il y a tellement de choses que j'aimerais lui dire, mais je ne sais pas par où commencer. Comme je n'ai rien de spectaculaire à lui confier, j'abandonne l'idée de lui parler et continue de fumer en regardant droit devant moi.

– Comment étaient tes clients ?

Rien n'amuse autant Yannick que mes histoires de massothérapeute. Nous nous sommes rencontrés dans un bar archi-bondé où il fallait hurler pour s'entendre. Un groupe de rock obscur avait achevé de nous détruire les tympans en début de soirée. Puis, la musique sortant des haut-parleurs avait pris la relève. Avec un tel vacarme, il n'y avait pas d'autre solution que de dire des conneries. Je savais à peine son prénom, je riais quand il riait. Vers la fin de la soirée, le volume a diminué, comme si le D.J. avait décidé de laisser une chance à ceux qui s'étaient dragués pendant des heures. Juste un petit sursis pour faire une dernière vérification avant de partager son lit. Juste un petit moment pour poser les questions essentielles avant de passer à l'acte. Procéder à une espèce de bilan de santé.

– Qu'est-ce que tu fais dans la vie ?

– Massothérapeute.

– T'es masseuse ?

– Massothérapeute.

Règle générale, je me mets dans tous mes états quand quelqu'un confond les deux termes. Ma formation professionnelle m'a coûté assez cher comme ça, je ne veux pas en plus qu'on sous-entende que je masturbe des hommes d'affaires pour gagner ma vie. Mais j'ai simplement corrigé Yannick sans rouler des yeux, sans ajouter dans ma tête «massothérapeute, triple con». Et pourtant, il y avait dans sa voix une pointe de lubricité, comme si cela ne lui eût pas déplu. Il a souri poliment, un brin déçu quand j'ai corrigé le tir. Je ne lui en ai pas voulu. J'étais déjà prête à tout lui pardonner.

Yannick n'a jamais fait l'erreur d'être jaloux. Théoriquement, il ne peut pas l'être. Puisque nous ne formons pas un couple. Je couche avec lui depuis six mois maintenant. Je mange parfois avec lui et il nous arrive aussi de regarder un film, collés sur son canapé pourri. Malgré le temps, nous sommes demeurés assez discrets par rapport à nos vies respectives. Il ne connaît pas le prénom de ma mère, ni le nombre limité de fois où je suis tombée amoureuse, ni les grandes humiliations de mon enfance. Je ne sais pas s'il fréquente d'autres filles. Je ne lui ai jamais posé la question. J'aurais l'impression d'empiéter sur sa liberté.

Je ne sais donc pas ce que Yannick ressent lorsque je masse des gens nus à longueur de journée, enfermée dans de petites pièces sombres. Cela dit, j'aurais plus de chances de le tromper en travaillant dans un bureau. Au spa, les possibilités de rencontres sont presque nulles et la plupart de mes collègues sont des femmes. Sauf Louis. Mais Louis ne pourrait en aucun cas constituer une menace. Il boit de la tisane verveine-citron et il achète son savon dans un magasin de produits naturels. Et pour ce qui est des corps, je ne les vois pas. Ou si peu. Je les touche et je les oublie.

Avec l'expérience et comme dans n'importe quel boulot, j'ai développé une façon de faire mon travail tout en dressant ma liste d'épicerie. Mes mains peuvent obéir à un schéma si précis que je ne les guide même plus : elles vagabondent, pétrissent et réchauffent la chair sans l'aide de mon cerveau. À la fin du massage, en sortant de la pièce, je peux à peine décrire le corps que j'ai touché. Il est disparu et la mémoire de mes mains ne se souvient plus. Il m'est arrivé d'être étonnée en voyant le visage de mes clients, une fois rhabillés. J'avais presque oublié la taille de leur nez ou la couleur de leurs cheveux.

– Aucun spécimen bizarre.

Yannick est un peu déçu. Je soupçonne qu'il n'a fait qu'étudier aujourd'hui et qu'il aurait aimé rire. De préférence de quelqu'un d'autre.

– Ça arrive qu'on te demande des extras ?

Au moins, il s'est retenu pendant plus de vingt-quatre heures avant de prononcer le classique des grands classiques. Yannick n'était pas le premier à vouloir savoir ; toutes mes amies m'ont posé la même question. Même mon père, à Noël, aurait aimé que je raconte quelques anecdotes salées, histoire d'épicer le réveillon passablement ennuyeux. On ne sous-entend jamais que je puisse un jour outrepasser la limite et répondre aux besoins sexuels d'un client entreprenant. Vraiment, les gens de mon entourage ont une haute estime de moi. Ils sont curieux de la façon dont un homme s'y prend pour faire comprendre que son pénis souffre de terribles tensions musculaires requérant un traitement immédiat. Ils veulent savoir quels sont les formulations, les prétextes, les gestes. Et ils sont déçus. Chaque fois.

La grande majorité de mes clients sont des femmes. Les hommes qui viennent me voir sont très souvent des maris accompagnant leur épouse, de force ou de leur plein gré. Il y a longtemps qu'un homme à la recherche d'un massage sexuel ne s'est pas pointé dans un spa hors de prix. Les salons offrant ce type de services sont facilement reconnaissables à leur vitrine teintée, leur porte verrouillée et les fautes d'orthographe sur leurs affiches. De plus, un centre de santé digne de ce nom n'aura jamais d'enseigne en néon. Les méprises sont presque impossibles. Il n'y a que les Juifs hassidiques pour être mêlés à ce point. Lors de chaque mois de décembre, l'un d'entre eux s'amène pour acheter des chèques-cadeaux pour ses amis. La réceptionniste doit lui faire comprendre que les massages sont uniquement thérapeutiques. Quant à moi, je trouve aberrante l'idée d'acheter des bons cadeaux de services sexuels à ses amis.

Un jour, c'est vrai, un client s'est présenté en prétextant une douleur insupportable à l'attache proximale du moyen adducteur droit, située à l'intérieur de la cuisse, tout près des organes génitaux. J'étais alors une jeune diplômée avec à peine quelques mois d'expérience professionnelle et je redoutais comme la peste les situations embarrassantes. Je n'ai pas cru l'homme qui se tenait devant moi. Il mentait, c'était clair. Je l'ai quand même massé. Je l'ai massé précisément à l'endroit où il voulait. Mais j'ai fait des frictions si profondes avec mon coude que je voyais sa bouche se distorde.

– T'as faim? Qu'est-ce qu'on se fait pour souper?

Les quelques gorgées de bière prises dans la bouteille de Yannick m'ont déjà ramollie. Et quand je suis molle, je suis sentimentale. Je lève mes yeux vers celui qui est assis à mes côtés, juste à temps pour voir son dos disparaître dans le couloir.

•••

Il n'y pas de bruit chez les voisins. Je suis la seule qui se lève aux aurores le samedi matin. Je remets mes vêtements de la veille en essayant de ne pas réveiller Yannick. Je lui jette un dernier regard avant de sortir. Je me retiens de lui frôler la joue. Une fois dehors, en enlevant le cadenas sur mon vélo, je m'aperçois que le pneu arrière est dégonflé. Merde. Les jours de week-ends sont les plus lucratifs dans un spa. Les clients vont défiler sur ma table comme sur une chaîne de montage. Je dois me transformer en horloge suisse pour conserver le rythme. Il ne faut pas que je sois en retard.

Je marche jusqu'au coin de la rue. À deux mètres de l'arrêt, le bus me passe sous le nez à toute vitesse. Je suis incapable de me lancer à sa poursuite. Une sorte de lassitude m'envahit. Je n'ai plus le goût de rien. Une légère brise vient caresser mes épaules et pousser un deux litres de Coke vide. Il est presque neuf heures, la rue est vide. Le soleil matinal découpe les bâtiments qui m'entourent. Ils sont petits, massifs et carrés. Ils semblent collés sur le bleu du ciel. Durant une tempête de neige, ça passe encore. Mais l'été, ils exposent au grand jour leur insupportable laideur. Elle me fait mal aux yeux, comme si je la voyais pour la première fois. Mon corps s'engourdit. Pendant dix secondes, je suis atrocement lucide et je me rends compte, profondément et physiquement, que tout ça ne sert à rien. Que je ne sers à rien. Que je vais mourir et que le genre humain va disparaître.

Le klaxon d'un camion de livraison me sort brutalement de ma torpeur et me rappelle qu'une dizaine de personnes bien vivantes comptent sur moi pour relaxer aujourd'hui. Je cours jusqu'au métro en brûlant les feux rouges. Je dévale les escaliers en cherchant mon portefeuille au fond de mon sac. Je ne comprendrai jamais ceux qui restent immobiles dans l'escalier mécanique descendant. Je les dépasse tous en les méprisant pour leur lenteur. Je finis pas toucher un bout de cuir fané.

– Un billet, s'il vous plaît.

La rousse Orange Crush derrière le guichet prend tout son temps pour me rendre la monnaie. Je la méprise elle aussi, un coup parti. J'entends le train arriver dans la station. En sueur, je passe le tourniquet, attaque un sprint final, mais arrive trop tard devant les portes fermées du wagon. Je regarde le convoi disparaître en cherchant mon souffle. Je m'écrase sur un banc. Une autre sorte de lassitude m'envahit. Je suis moins lucide cette fois, juste fatiguée.

Si j'étais une employée consciencieuse, j'appellerais au travail pour aviser mes collègues de mon retard. Devant mon absence, la réceptionniste va paniquer et laisser mille messages sur mon répondeur en espérant me réveiller. Je décide de la laisser mériter son salaire.

Un homme se tient debout, les deux mains dans les poches, sur le quai opposé. Je le connais. Je ne sais pas comment ni de où, mais je le connais. Je n'arrive pas à mettre un nom sur son visage. Il doit avoir mon âge, mais il fait plus vieux. Il porte un jeans trop grand et passé de mode. Il a l'air triste ou ennuyé ou les deux en même temps. Je passe en revue sa colonne vertébrale pour tenter de me rappeler si je l'ai déjà touché.

– Ça va bien ?

La question vient de ma droite. Absorbée par la courbe lombaire de l'homme en face de moi, je n'ai pas senti que quelqu'un s'était assis à mes côtés. Prise au dépourvu, je bafouille une sorte de «Oui, ça va, ça va», sans me retourner. Mon nouveau compagnon de banc en remet une couche avec un «Beau samedi.» Je ne bouge pas. Je fais comme si l'étranger était invisible et qu'il n'avait jamais parlé. Du coin de l'œil, je vois son visage tourné vers moi. Il semble insensible à mon éloquent langage corporel, lequel crie que je souhaite sa disparition ou au pire, son silence. Je pourrais me lever et m'éloigner négligemment le long du quai, mais cela est hors de question. J'étais assise sur ce banc la première, je fais une provision de position assise pour le reste de la journée. Je ne vois pas pourquoi ce serait à moi de me lever, alors que c'est lui qui me dérange. Il se déplace légèrement vers moi. Je sors mes griffes :

– Vous avez un problème ?

– Oui, quand le métro arrivera, j'aurais besoin que vous me guidiez vers la porte.

J'ai honte. Je meurs de honte. Elle coule sur moi comme la lave sur Pompéi. Il s'en est fallu de peu pour que j'accuse un pauvre aveugle de harcèlement. Un modèle du genre, en plus, avec lunettes noires et canne blanche. Même s'il est impossible pour lui de voir mon visage empourpré, je n'ose plus le regarder. Je regarde droit devant moi tout en guettant fébrilement l'arrivée du train.

L'homme qui se tient sur le quai opposé me fait un petit signe de la tête. J'esquisse un sourire gêné. L'aveugle glisse un :

– Votre sourire est magnifique.

Je me retourne, interloquée.

– Vous ne me demandez pas comment j'ai fait pour savoir que vous étiez en train de sourire ?

– Heu.

– Allez-y, demandez-le-moi, je sais que vous en crevez d'envie…

– Heu, non, pas spécialement.

– Je l'ai senti. Tout votre corps a changé. Il est devenu plus chaud. Vous ne pouvez absolument pas soupçonner à quel point votre sourire est puissant. Un vrai feu de forêt.

– Heu, merci.

– Ça fait plaisir. Et maintenant, on peut se prendre la main.

– Heu, pardon ?

– Oui, le métro arrive. Et je vais avoir besoin de vous.

– Heu, oui, bien sûr, bien sûr.

Je ne sais pas comment prendre quelqu'un par la main. Je sais comment enlever un drap, prendre un bras, mettre de l'huile dessus et pétrir le tout. Voilà où s'arrête ma science. Quand, par un hasard immense, je marche côte à côte avec Yannick sur le même trottoir, on ne se touche pas. Pas même un frôlement. Je crois qu'on pourrait regarder les membres du sexe opposé sans essuyer de protestations.

Je n'ai pas le temps de réfléchir longtemps, car l'aveugle a déjà saisi ma main. Il est debout et se dirige vers la rame. Avant que l'homme en face de nous disparaisse complètement derrière le fondu de couleurs des wagons passant à grande vitesse, je risque un dernier regard vers lui. Il semble amusé par le couple que je forme avec Andrea Bocelli.

• • •

– Vous avez des mains magiques, vous savez ? Des mains de fées.

– Merci.

– Je ne sais pas comment vous faites pour faire ça toute la journée…

Et voilà, c'est reparti. Je me contente de sourire. Finalement, je m'en suis tirée avec trente-cinq minutes de retard ce matin. Il faut dire que j'ai été considérablement ralentie par l'aveugle. Il ne m'a pas lâché la main du trajet et ô bonheur, il descendait à la même station que moi. Je me voyais mal le planter là et me mettre à courir dès l'ouverture des portes. En plus, je n'avais aucune envie de me presser. La réceptionniste allait être, de toute façon, obligée d'annuler mon premier rendez-vous. Autant qu'elle ne l'annule pas pour rien. À quelques rues du spa, mon compagnon m'a quittée sans un mot. Je suis entrée dans un café. J'ai dévoré un croissant manufacturé et emballé dans un sachet de plastique.

Juste avant de passer la porte du travail, j'ai couru un peu sur place et je me suis déplacé les cheveux. Je suis entrée en coup de vent, le sac à dos de travers, comme si je venais de faire une trépidante course contre la montre. Je ne sais pas pourquoi je perds mon temps à faire cette petite mise en scène. Personne n'a l'air d'y croire.

– Ton client était fâché, Martine.

– Je m'en doute. Je suis désolée. J'ai eu une crevaison.

– J'ai dû lui donner un rabais de cinquante pour cent sur sa prochaine séance.

– Je suis désolée.

– C'est aussi toi qui es perdante là-dedans...

Cette fille est capable de me ramener des années en arrière, à l'époque des maîtresses d'école. À cause d'elle, j'ai mis toute la mâtinée à me débarrasser du poids de ma faute.

Je regarde l'homme en peignoir assis devant moi.

– C'est vrai, ça doit être très fatigant de masser comme ça, toute la journée. Moi, je fais dix minutes sur le dos de ma blonde et je suis déjà mort. Je ne peux pas imaginer une heure complète et c'est ma blonde en plus.

Toi, il faut que tu sortes d'ici. L'esthéticienne aux mèches blondes qui fait ton pédicure est prête avec sa ponceuse et j'ai déjà quatre minutes de retard.

– Vous avez un soin des pieds à la paraffine maintenant. Chanceux, vous trouvez le temps de prendre soin de vous. C'est important.

N'importe quoi. J'en rajoute toujours un peu quand je veux qu'ils déguerpissent de ma table. Je me fais tout sucre tout miel et surtout, j'approuve leur démarche vers la détente et la santé. Fier de lui et lévitant presque dans sa robe de chambre, mon client me suit vers la sortie en me regardant d'un air reconnaissant.

Après l'avoir laissé entre bonnes mains, je me dirige vers la salle d'attente pour mon dernier rendez-vous de la journée. Un dernier petit effort. Dès que j'entre dans l'espace qualifié de « décompression » où quatre individus sirotent de la tisane en plein après-midi, je deviens une massothérapeute à la puissance dix. J'adopte un ton de voix calme et posé. Si possible, je suis un peu plus lente que la moyenne en ouvrant une porte ou en mettant un manteau sur un cintre. Toutefois, mes gestes sont précis et ma poignée de main a du tonus. J'ai l'air d'avoir été élevée en Jamaïque, mais sans la drogue et les cheveux mal lavés. Dans la mesure du possible, je m'adresse aux autres uniquement par question. *Comment ça va ? Comment va la santé ? Qu'est-ce que je peux faire pour vous aujourd'hui ? Ah oui, beaucoup de travail au bureau, n'est-ce pas ?*

Si possible encore, je projette l'image d'un être sans problème, sans personnalité, tout en retenue et en sourire discret. Je ne suis pas peu fière de dire que je combine avec succès toutes ces aptitudes. Je m'installe derrière l'écran de l'ordinateur, mis à la disposition des employés du spa, et je récite mon mantra de fin de journée : « Faites que ce soit une Vietnamienne de cinquante kilos. Faites que ce soit une Vietnamienne de cinquante kilos. Faites que ce soit une Vietnamienne de cinquante kilos.» C'est samedi. Il est quatre heures. J'ai mal au poignet. Je veux et j'exige une Vietnamienne de cinquante kilos. Apaisée, j'ai bon espoir que l'Univers saura répondre à ma prière, j'ouvre les yeux et lance à haute voix le prénom de ma prochaine cliente, suivi d'un agréable point d'interrogation. Les notes graves font résonner mes paroles, comme une incantation bouddhiste.

– C'est moi.

Quand je vois la dame costaude aux larges épaules me répondre, je décide de ne plus croire à toutes ces cochonneries d'Univers qui répond à nos besoins. Je me promets aussi de le dire à Louis lors de notre prochaine pause-déjeuner.

• • •

– Ça ne va vraiment pas. Mon mari est parti. Mon patron me prend pour son esclave. J'ai eu un cancer il y a deux ans et je traîne encore des séquelles de mes traitements. Mon plus vieux menace de lâcher l'école. En plus, je suis au régime depuis plus d'un an, je me prive de tout et je ne maigris pas. J'ai vraiment besoin de me reposer un peu.

La dame me regarde de ses grands yeux verts. Je ne me sens pas très à l'aise d'enchaîner immédiatement avec une autre question du type : «Avez-vous du pied d'athlète ?» Il me semble que ce qu'elle vient de me dire mérite un petit silence, comme si je devais avaler tout ce qu'elle traverse. Et c'est un peu ça, en fait, je digère sa vie, résumée en cinq phrases bien senties. Elle les a prononcées sans aucune amertume. Elle ne veut pas non plus que je la prenne en pitié. Elle n'est pas victime de sa vie.

Je suis soufflée. J'ai envie de me lever et de me prosterner devant elle, juste avant de lui demander combien coûterait une classe de maître en sa compagnie. Je suis béate d'admiration devant les gens qui ne se laissent pas abattre malgré les épreuves. Je me sens atrocement coupable d'avoir maudit le ciel, quelques minutes plus tôt, en constatant que je devrais la masser. Tout d'un coup, toute ma vie me semble futile. Mes problèmes, dérisoires. Je me sens faible d'avoir ainsi sous-estimé le pouvoir de l'Univers. Il m'a précisément envoyé cette femme afin qu'elle me donne une leçon d'humanisme. L'Univers est grand et bien fait. Louis avait raison depuis le début. J'ai quelqu'un devant moi, digne et fier. Une femme sachant réagir aux coups du destin.

Mon cœur se ramollit, j'ai envie de lui tenir la main. À la fois pour elle et pour moi. Le genre humain n'a pas seulement engendré des cons ou des obsédés sexuels, il a aussi fait naître des personnes d'exception, positives et combatives.

– Pour le massage, je veux que tu travailles surtout le haut de mon dos, très en profondeur, mais sans percussions ni aucune autre manœuvre pouvant ressembler à du shiatsu. Je veux une serviette sur mes yeux quand je suis couchée sur le dos et baisse la lumière au maximum. Je suis incapable de me détendre quand c'est trop clair. Pas trop de pieds non plus ; les masseurs perdent souvent du temps en faisant n'importe quoi sur les pieds, sous prétexte que tout le monde aime ça. Ce n'est pas si vrai que ça. Je suis frileuse. Tu m'apporteras une couverture supplémentaire. Tu n'aurais pas un autre disque ? Je ne supporte pas les affaires asiatiques, arabes ou celtiques.

J'enlève le volume deux de *Magnificient Feng shui* avec une certaine raideur dans le corps. Je déteste recevoir des ordres, je déteste quand on me dit comment faire mon métier. Tout le bien qui m'avait réchauffé le cœur quelques minutes auparavant est complètement disparu. J'ai envie de me retourner et de répondre à ma cliente qu'elle n'a pas le monopole de la souffrance et que sa maladie n'est pas obligée de la rendre insupportable. Moi aussi, j'ai mal. Moi aussi, j'ai une vie de cul qui ne correspond pas à mes rêves d'enfant. Comme quatre-vingt-dix-neuf pour cent des gens en fait. Je ne cherche pas réparation en dominant des travailleurs sans sécurité d'emploi. Je monte le chauffage. Malgré mon irritation, je sais que je respecterai à la lettre ses indications. La dame me regarde faire avec satisfaction.

Elle savoure à l'avance son traitement personnalisé et se félicite d'avoir exprimé clairement ses attentes et ses objectifs. Demandez et vous recevrez.

– Vous avez du pied d'athlète ?

– Bien sûr que non.

Ma cliente arbore un sourire étincelant de propreté. Misérable, je referme doucement la porte derrière moi.

• • •

Je suis libre, libre. Je suis libre de me débarrasser de mon empathie professionnelle, libre d'être stressée, libre d'écouter un solo de guitare électrique sans chute d'eau en fond sonore, libre de ne pas avoir l'air en santé.

Avec le temps, j'ai fini par perdre l'habitude de parler de moi. Parler de moi ne m'intéresse pas. Mais il paraît que c'est essentiel, primordial, que ça forge la personnalité, que ça extériorise les émotions et permet d'éviter la propagation de personnes frustrées et dangereuses pour leurs concitoyens. J'ai donc perdu une habitude que je n'ai jamais eue. Il est en effet déontologiquement répréhensible d'émettre une opinion personnelle, de raconter les détails de sa vie privée ou de parler en mal de son patron durant l'exercice de ses fonctions. Mais il n'a jamais été interdit de réfléchir, de refaire sa vie à l'endroit et à l'envers, de pleurer même. Tout doucement. En silence et dans le noir. En essayant que les larmes ne s'écrasent pas sur une vertèbre. En se retenant pour ne pas poser sa joue sur le dos d'un inconnu.

• • •

Je fais un détour pour aller chercher mon vélo. Il est encore attaché à un poteau devant l'appartement de Yannick. Je lève les yeux, mais cette fois, son balcon est vide. J'essaie de deviner des mouvements derrière les rideaux. Je crève d'envie de monter. Mais je ne sais pas si Yannick est du genre à aimer les surprises. Je sais si peu de choses sur lui que ça en est épuisant. Je me convaincs d'y aller en me disant qu'il n'est jamais désagréable de recevoir la visite impromptue d'un ami. Je ne suis cependant pas son amie. Mais je suis loin d'être une inconnue non plus. Je ne veux pas vraiment rester de toute façon. Je ne suis pas du genre à m'imposer.

C'est décidé, je monte. Un petit coucou, je n'enlève même pas mes chaussures et je file. Après tout, je suis passée récupérer mon vélo, ce n'est pas comme si j'étais là pour lui.

– Salut.

Je ne pourrais pas dire si Yannick est surpris, agréablement ou non, de me voir là. Par contre, je peux aisément deviner qu'il ne veut pas que j'entre puisque tout son corps occupe l'espace laissé par la porte ouverte.

– Je suis passée récupérer mon vélo. J'ai dû prendre le métro ce matin. Un vrai bordel. Mon pneu est dégonflé, mais je pense qu'il n'est pas crevé. C'est ça, je me suis dit que ce serait malpoli de ne pas monter te dire bonjour, comme je suis là de toute façon. Je te dérange ?

– Non, pas vraiment. En fait, c'est bien que tu sois là, je voulais te parler.

Comme un animal reniflant le danger, je reste interdite. Le sang afflue à ma tête et fait picoter la racine de mes cheveux. Instinctivement, je cherche de la main un endroit où m'accrocher. Yannick n'a pas bougé d'un poil. Ce qui signifie qu'il me parlera ici même, debout, sur le balcon.

– C'est bien, d'abord. Je suis là.

– Écoute, Martine, on ne pourra plus se voir. Je me suis fait une blonde.

Toute la nature ralentit et s'éloigne, comme aspirée par un trou percé dans le ciel. Ma respiration s'arrête. Mon sternum touche à ma colonne vertébrale. Yannick me semble tout à coup très loin, à une distance infinie, et même si je tendais les bras, je n'arriverais pas à le toucher.

– Alors, tu comprends, je ne peux pas être avec deux filles en même temps. C'était cool quand même nous deux. Bonne continuation, en tout cas.

Je suis une femme libre, mais je n'ai pas la liberté de faire une crise. De lui faire des reproches, de le traiter de tous les noms et d'empoisonner son chien. Je n'ai même pas la liberté d'être triste parce que théoriquement, cela n'est pas censé me toucher. Je ne peux même pas poser de questions. Où l'as-tu rencontrée ? C'est qui ? Comment elle est ? T'as couché avec ? Elle a du pied d'athlète ? On est libres et c'est comme ça que ça marche. Je suis tellement libre que je dois rester stoïque devant lui. Je suis à ce point libre que je n'ai rien à récupérer chez lui. Je n'ai qu'à prendre mon vélo au pneu dégonflé et à laisser tout ça derrière moi.

Pourtant, je reste là. Incapable de bouger. Je ne peux plus parler. Je regarde mes pieds sans vraiment les voir. Comme si les planches allaient finir par céder et me laisser tomber jusqu'au rez-de-chaussée. Je sens son regard qui ne sait plus où se poser. Il a mille fois plus envie d'être ailleurs qu'avec moi sur son balcon. J'attends qu'il ajoute quelque chose.

Ce n'est pas la première fois que ce que je croyais être réel est finalement une imagination de mon esprit. Ce n'est pas la première fois qu'on m'embrasse sans m'aimer. J'imagine que je l'ai fait aussi. Je connaissais les règles au fond. J'ai joué, j'ai perdu, il n'y rien de nouveau là-dedans. Mais aujourd'hui, j'ai l'impression que je ne serai plus jamais capable de me relever. Aujourd'hui, quelque chose vient de mourir sur le balcon de Yannick. Et je crois que c'est mon espoir.

Article 2

Le membre doit appuyer toute mesure suscepti-
ble d'améliorer la qualité et la disponibilité des ser-
vices qu'il rend [...].

Musique transcendantale – Retour à l'île de Pâques, volume 14 ? Le *best of* des solos de flûte japonaise ? *Cosmos rebirth,* édition limitée ?

Je m'en fous, je m'en fous, je m'en fous.

Je mets n'importe quoi. Tant que ça fait de la musique. Je dépose mon sac sur la table. J'en sors mes pantalons et mon t-shirt. Je m'habille. Je me sens complètement engourdie. Je ne sais pas ce que j'ai trouvé le plus difficile durant ces deux jours de congé : le fait de ne plus jamais revoir Yannick ou de constater qu'il était beaucoup plus important pour moi que j'aurais pu le croire. L'avoir perdu ou ne pas pouvoir le pleurer ouvertement. Constater que je ne ferai plus jamais l'amour avec lui ou qu'il ne m'a pas choisie.

Je suis prise de vertige et m'agrippe à la table pour ne pas tomber. Quelqu'un cogne doucement à la porte.

– Martine, ton premier client est là.

– J'arrive.

Je n'ai rien fait encore et je suis totalement épuisée. Je me fais si peu confiance en ce moment que je pourrais bien péter un plomb et étrangler le premier qui me dit qu'il vit beaucoup de stress au niveau des trapèzes. Je ne me sens pas apte à prendre soin de personne. Même faire semblant de m'intéresser à quelqu'un me semble au-dessus de mes forces.

Pendant que ma cliente, une Asiatique timide qui tenait absolument à garder son soutien-gorge, s'installe entre les draps, je regarde Louis faire son habituelle tirade anti-lait. Il a trouvé une esthéticienne qui n'était pas encore au courant que le lait est le pire poison sur terre. Il ne cesse de répéter que nous ne sommes pas des veaux. Elle doit admettre qu'il a raison sur ce point. Elle finit par se sauver en dissimulant un gobelet de polystyrène extra large rempli de café au lait.

– Martine, t'as pas l'air dans ton assiette aujourd'hui.

– Hum…

– Qu'est ce que tu as ?

– Je manque d'énergie, je suppose.

– Tu prends encore ton varech ?

– J'ai arrêté il y a deux semaines.

– Ah. Tu vois ?

– Merde, Louis, je ne pense pas que mon bonheur repose sur les algues parce que sinon, on va régler la question tout de suite et je vais aller me lancer dans le fleuve.

– Tu n'as pas dit que tu n'allais pas bien. Tu as dit que tu manquais d'énergie.

– Ça veut dire que je ne vais pas bien. Ce n'est pas difficile à comprendre.

– Bien, dis-le dans ce temps-là. Dis-le, c'est tout.

Il met sa main sur mon épaule.

• • •

Le temps finit par s'écouler et même ma peine n'est pas aussi spectaculaire que je l'aurais voulu. Je suis allée travailler comme il se doit, je me suis mise sur le pilote automatique, mais je n'ai pas pu empêcher mon esprit de s'emballer. J'aurais voulu pleurer comme une Madeleine, être si désespérée qu'il aurait fallu, par mesure préventive, enlever toutes les lames de rasoir de mon environnement. Il me semble aussi que cela aurait été beaucoup plus facile. Après avoir fait une folle de moi et écouté en boucle des chansons tristes, je serais revenue à la vie presque miraculeusement. Mais mon chagrin s'est cristallisé et il est venu se terrer dans quelques recoins encore vacants. Ainsi, je fonctionne, j'ai de l'appétit, je trouve le sommeil, je mets du mascara, j'écoute les nouvelles et je ris quand c'est drôle. Je me sens pourtant totalement éteinte, parfois spectatrice de mon quotidien, à la fois blessée et inatteignable.

• • •

– Et tu ne l'as jamais revu ?
– Non.
– Pas de nouvelles non plus ?
– On n'avait pas d'amis communs.
– Rien depuis deux mois ?

Louis et moi partageons une salade de luzerne. Chaque bouchée, je me sens devenir une meilleure personne.

C'est moi qui ai abordé le sujet de Yannick. Louis n'aurait pas osé. Il n'était pas vraiment au courant de son existence de toute façon. Je me suis toujours faite très discrète par rapport à ma vie privée et Louis n'inspire pas les conversations cochonnes. Il y a des gens comme ça. Et comme on peut parler de sexe à peu près partout, c'est quand même agréable de discuter d'autre chose avec certaines personnes. Bien sûr, Louis a déjà fait l'amour, mais il m'est impossible d'imaginer avec qui. Avec une femme, j'en suis convaincue. Je le sens à je ne sais quel détail. Il a un petit côté incroyablement conformiste. Même s'il croit à la réincarnation, à l'astrologie et aux cristaux. Il ne parle jamais de ses relations amoureuses et contrairement à certains collègues, il n'émet pas de commentaires sur le physique de ses clientes.

Au départ, je pensais laisser sous-entendre que Yannick et moi étions amoureux. Je ne voulais pas blesser la sensibilité de Louis. Je voulais aussi donner plus de crédibilité à ma peine. Pleurer un copain est normal, pleurer un amant qui n'appelait jamais est juste masochiste. Louis m'a étonnée par son détachement et sa douceur. Pour lui, l'amour n'est rien comparé à l'utilisation du propylèneglycol dans la nourriture, mais en même temps, rien n'est plus important que de propager le réconfort.

– En fait, ce qu'il faut que tu fasses, c'est tourner la page.

– Oui ; merci, Louis. Je pense que j'avais déjà envisagé cette possibilité.

– L'Univers est beau et vaste. Il offre une foule de possibilités, on n'a qu'à les saisir.

– Oui, oui, mais c'est un peu flou quand même.

Je regarde les gens marcher dans le parc. Quelques paumés occupent leur place habituelle à côté de la fontaine. Des femmes en tailleur plongent leur fourchette dans leur plat Tupperware, et quelques personnes âgées se parlent toutes seules les unes à côté des autres.

– C'est qui, lui?

L'inconnu du métro. Celui que j'étais sûre d'avoir reconnu sur le quai d'en face, il y a deux mois. Il marche lentement, sans but précis. Il m'était complètement sorti de la tête.

– Ce n'est pas Philippe quelque chose?

– Tu le connais?

– Voyons, Martine, tu l'as déjà massé. Il vient au spa régulièrement. Tu sais, le genre gentil. Le genre à s'excuser quand son ventre gargouille.

– Je ne l'ai jamais massé. Je m'en souviendrais.

– Au nombre de personnes qu'on voit par semaine, et dans le noir par-dessus le marché, tu penses vraiment que t'es capable de te souvenir de tout le monde? Tu te rappelles à peine le prénom de la réceptionniste.

– Elle, ce n'est pas pareil. Je la déteste.

– En plus, je pense que c'est toi qui le masses tout à l'heure. Il me semble que j'ai vu son nom dans ton horaire.

• • •

– Philippe?

Il lève les yeux de son magazine. Et je me demande comment j'ai pu les oublier tant ils sont beaux. Je me sens toute ramollie. La présence de Philippe me trouble. Pourtant, il n'est pas mieux habillé que la dernière fois où je l'ai aperçu. Son pantalon a l'air d'être légèrement trop grand, comme s'il avait beaucoup maigri sans avoir les moyens de renouveler complètement sa garde-robe. Et ses chaussures sont vraiment moches. Ses pieds ont l'air d'être gigantesques. Ils vont bien avec son long corps un peu mou, son visage émacié surmonté de cheveux blonds un peu rêches.

Il me suit vers ma cabine de massage. Tandis qu'il dépose ses affaires sur la chaise, je regarde nerveusement les quelques notes prises sur le bilan de santé par les différents massothérapeutes. Je reconnais l'écriture de Louis – *trapèzes supérieurs tendus* –, celle de Marie-Claude aussi – *trapèzes supérieurs tendus* – et enfin la mienne – *trapèzes supérieurs tendus* – parmi d'autres observations d'employés qui sont partis avant que je sois engagée – *trapèzes supérieurs tendus.*

Un tel manque de variété dans les commentaires signifie d'abord que le client ne présente aucune tension particulière et inhabituelle. Cela signifie en outre que les thérapeutes n'ont aucune imagination, manquent de temps et de motivation pour remplir les fichiers après les séances. Cela signifie aussi que le massage proprement dit est assez ennuyant.

– Bon, ça va bien aujourd'hui ?
– Très bien, oui.
– Rien de nouveau ?

– Non.

– Rien de particulier ?

– Non.

– La santé, ça va ?

– Oui.

– L'hiver n'a pas été trop dur ?

– Non.

– Rien à signaler ?

– Non.

– Pour le massage, avez-vous un besoin spécifique ?

– Non. Comme la dernière fois, ce sera parfait.

La dernière fois ? Et tu penses vraiment que je m'en souviens de comment je t'ai massé la dernière fois ? Tu penses que je me rappelle des trente massages que je fais par semaine ? Je regarde tout de même dans mes notes pour lui donner l'impression que j'ai inscrit quelque part la formule magique. Je ne fais que relire *ad nauseam* «trapèzes supérieurs tendus».

– Bon, je vous laisse vous installer et je vais me laver les mains.

– Vous connaissez Maurice ?

– Qui ?

– Maurice. Le non-voyant à qui vous donniez la main dans le métro il y a déjà un bon moment de ça.

– Non. Je ne savais même pas qu'il s'appelait Maurice. Je ne savais pas que vous étiez là non plus.

– Ah bon. Je pensais que vous m'aviez remarqué sur le quai d'en face.

– Non. Pas du tout.

– Ah.

– Vous le connaissez ?

– Pas vraiment. Je l'ai déjà guidé dans le métro.

– Ah bon. Moi qui pensais avoir l'exclusivité.

– Il m'a dit qu'il demandait cette faveur uniquement aux gens blessés.

– Ah oui ?

– Oui. Apparemment, il peut très bien se débrouiller tout seul. Il dit qu'il sent la solitude des gens et qu'il veut entrer en contact avec eux. Vous étiez sa bonne action du jour j'imagine. Ne vous en faites pas, vous n'êtes pas la seule.

Je me sens trahie, comme si l'aveugle s'était vraiment foutu de ma gueule ce matin-là. Pour qui il se prend de vouloir sauver le monde comme ça ? En donnant la main en plus ? Je n'ai jamais rien entendu d'aussi inutile et de si mauvais goût. Dans la cuisine réservée au personnel, j'appuie rageusement sur la pompe de la bouteille de savon. Je sais qu'il est totalement inapproprié de vouloir se venger sur un handicapé, mais l'envie monte en moi de recroiser Maurice dans le métro, de lui donner la main et de le pousser sur la rame avec sa propre canne.

Je me souviens de la paix que j'ai sentie quand j'étais à ses côtés dans le wagon, complètement en retard et pourtant complètement sereine. Je me souviens d'avoir enregistré dans ma paume la pression de sa main. Les petits endroits rugueux et le pouce charnu. Je me souviens que mon corps retenait chacun de ses petits détails comme si je donnais la main pour la première fois. Je respirais à peine pour ne pas interrompre la magie avant qu'elle cesse.

Il y a trois ans, je suis partie pour une virée de quatre mois en Europe. Une longue période pendant laquelle je m'étais fait pousser les ongles et où je n'avais pas massé personne. À mon retour, en posant mes mains sur les mollets de ma première cliente, j'avais été surprise de l'indécence avec laquelle je me permettais d'empoigner deux jambes inconnues et avec quelle confiance on me laissait faire. Mes doigts étaient sensibles à la résistance des fibres musculaires, à la densité des pores, à la minuscule repousse des poils. Dès le deuxième massage, la sensation s'était émoussée et je n'ai plus fait que saisir des mollets les uns après les autres.

J'ai l'impression désagréable que Maurice m'a vue nue. Qu'il a eu accès à quelque chose à laquelle il n'avait pas droit. Il m'a abordé le matin de ma rupture avec Yannick. Comme s'il avait pu envisager l'avenir. Comme s'il avait vu le désert qui m'attendait, mon cœur tout rabougri au bout et mon corps desséché n'attendant plus rien.

– Tu vas finir par faire fondre ta peau à force de frotter comme ça…

– Oui. Je veux juste être sûre que c'est propre.

– Ça ne sert à rien que tu t'acharnes de toute façon. C'est bourré de produits chimiques ce savon-là.

– Louis. À t'entendre, on devrait arrêter de manger, de se laver et de respirer parce que c'est bourré de produits chimiques. Je ne m'arrêterai pas de vivre parce que je ne veux pas mourir.

– Martine.

– Quoi ?

– Reviens-en.

• • •

La femme assise sous la reproduction de dauphins nageant dans des eaux scintillantes est chétive et âgée. Elle est aussi sympathique qu'un chien de garde. Elle me regarde d'un drôle d'œil, comme si j'étais une sorte de charlatan lui promettant de changer sa vie avec mon toucher thérapeutique révolutionnaire.

– Je suis ici à cause de mes enfants. Ce sont eux qui m'ont offert un chèque-cadeau. Je me demande qui a eu une idée de merde comme ça. Ce n'est pas mêlant, ils devaient être saouls morts quand ils ont pensé à ça. Je les ai à peine touchés quand ils étaient petits, je ne vois pas comment ils ont pu penser que c'était mon genre de me faire tripoter par une inconnue qui n'a sûrement pas terminé son cinquième secondaire.

Personnellement, une vieille folle, j'ai toujours trouvé ça charmant.

Celle-ci est tirée à quatre épingles. Elle porte des bas beiges malgré la chaleur, une jupe à plis admirablement repassée et un chemisier blanc impeccable. Son chignon relevé est de taille à défier n'importe quelle bourrasque et je me demande combien de couches de fond de teint elle a appliquées pour ainsi camoufler ses rides. Seules ses lèvres en voie d'extinction trahissent son amertume.

Je vois bien qu'elle attend une réaction de ma part. Après tout, elle vient de m'insulter. Il faudrait donc que je m'insurge et que je réplique. J'essaie péniblement de me souvenir des cours de relation d'aide obligatoires durant ma formation en massothérapie. C'était quoi, donc, déjà ? Le reflet, le transfert, l'écoute active... Tout s'est depuis longtemps fondu ensemble et il n'est resté de tout ça qu'une habitude de parler à voix basse en posant des questions.

Elle me regarde d'un œil amusé. Plus je prends mon temps pour lui répondre et plus je semble devenir un objet de curiosité, comme un animal de foire. Selon l'enseignement que j'ai reçu, je devrais maintenant dire: «Si je comprends bien, vous n'avez pas envie de vous faire tripoter par quelqu'un n'ayant pas un secondaire cinq?» La personne âgée réfractaire n'a jamais fait l'objet d'une étude de cas.

Soudainement, je comprends. Cette cliente veut me faire sortir de mes gonds. Elle veut que je m'emporte et que je la mette dehors. Il est maintenant clair pour moi que cette femme ne veut pas se faire masser. Elle cherche à tout prix à éviter cette torture. Il est tout aussi clair pour moi que je vais la masser, coûte que coûte. Ce sera ma vengeance de fille mal éduquée.

Je souris à ma cliente.

– J'entends très bien ce que vous me dites, mais je suis certaine que votre opinion va se modifier au cours de cette séance. Profitez de la prochaine heure pour revenir à l'intérieur de vous. Rentrez en contact avec votre âme. Concentrez-vous sur votre respiration et ne vous inquiétez pas, je serai là pour vous accompagner. Je reviens dans un moment. Je vais me laver les mains.

Son sourire amusé a disparu. Nous nous regardons droit dans les yeux et c'est à moi d'afficher un rictus pervers et supérieur. Ma vieille malcommode vient de trouver un ennemi à sa mesure. Et ça tombe bien, je n'ai vraiment rien à perdre.

– Vous ne vous êtes pas installée dans les draps ?

– Écoute, ma belle, je suis désolée pour cette histoire de cinquième secondaire. Tu as l'air au contraire d'une gentille jeune femme très vaillante.

Je me retiens pour ne pas crier victoire. Elle est toujours assise sur la table, ses pieds chaussés d'escarpins vernis flottant à un mètre du sol. Sans le fond de teint, les cheveux blancs et le parfum poudré, elle pourrait être une gamine tant ses yeux ont l'air candides et sincères.

– Ça va. Je ne suis pas insultée. Je vous laisse encore un petit moment pour vous changer ?

Je me dirige vers elle.

– Peut-être voulez-vous que j'approche le petit banc de la table afin de faciliter votre descente ?

– Hé, la fausse physio, je ne suis pas infirme.

Je commence à prendre goût à tout ça. Après des semaines dans le rôle de la victime, il est extrêmement jouissif d'être à son tour le bourreau. Même pour une mamie de soixante-dix ans. D'un bond étonnamment léger et gracile, elle descend de la table. Même avec ses talons, elle ne doit pas dépasser ma poitrine. Je peux voir le fond de son crâne dégarni.

– Regarde, on va arrêter ça tout de suite. Je déteste me faire toucher et la seule personne qui aura l'honneur de me tâter, ce sera le thanatologue, le jour où j'aurai crevé.

– Est-ce que je peux vous demander ce que vous venez faire ici, alors ?

– Je te l'ai dit. C'est un chèque-cadeau. Mes héritiers m'en ont donné cinq. Pas un, pas deux. Cinq. Et comme si ce n'était pas assez, ils viennent me reconduire tous mes rendez-vous et ils attendent que j'aie fini. Paraît que c'est mon médecin qui leur a conseillé que j'apprenne à me détendre. N'importe quoi. La relaxation. Encore une autre invention pour nous faire sortir notre portefeuille.

– Rien ne vous empêche de sortir.

– Ma bru m'attend en bas. Elle se fait faire une manucure. T'inquiète pas, je lui ai déjà demandé si elle voulait l'échanger contre mon massage.

– Écoutez, vous ne semblez pas être le genre de personne qui s'en laisse imposer.

– En effet, en effet, je ne suis pas ce genre-là. Mais depuis quelques années, ces pauvres crétins que j'ai moi-même engendrés se sont fixé comme objectif d'améliorer ma qualité de vie.

– Et qu'est ce que vous proposez qu'on fasse ? Personnellement, je dois faire mon métier.

– On ne fait rien du tout et tu ne me touches pas. T'en fais pas, tu vas être payée quand même et je suis très généreuse sur le pourboire, si c'est ça qui t'inquiète.

Je ne m'inquiète de rien du tout. Je suis juste un peu curieuse et un peu lasse en même temps.

– Si j'ai bien compris, on est coincés ensemble dans cette pièce pendant une heure ?

– C'est exact, ma jolie.

– Si ça ne vous dérange pas, je vais arrêter la musique d'abord.

Mystic Symphony, ça va faire.

– Mets donc un peu de lumière, tant qu'à y être. On ne voit rien ici.

– Oui, c'est voulu, si je puis dire. Les gens se ferment les yeux durant un massage.

– Tu devrais te compter chanceuse. Grâce à moi, tu ne seras pas obligée de forcer et de suer pendant une heure.

Je ne lui dis pas qu'avec son corps d'oisillon, je n'aurais pas trop forcé et encore moins sué. Quand j'ai commencé à pratiquer ce métier, j'y mettais beaucoup trop d'énergie. Au bout de quinze minutes, mon t-shirt était complètement trempé. Je voulais tellement que les autres m'aiment, qu'ils reçoivent le meilleur massage de leur vie, qu'ils s'abandonnent et qu'ils atteignent le nirvana que j'en faisais presque une obsession. Peu de temps après, j'ai compris que même quand je me relâchais, mes clients aimaient ça pareil. Je n'y peux rien de toute façon contre les tracas de leur vie quotidienne, leurs peines d'amour et leurs ennuis financiers. Ils reviendraient sans cesse les hanter. J'ai aussi compris qu'il y a des gens qui n'aiment jamais rien. Ou que ma face ne leur revient pas. Que j'aurais beau avoir huit mains, comme une pieuvre, ils ne seraient pas encore satisfaits. J'aurais beau donner ie meilleur de moi-même, ça ne serait pas encore assez.

Par contre, l'idée de suer au-dessus de tensions musculaires robustes me semble une partie de plaisir comparé à une causerie avec mon interlocutrice. Si j'avais voulu faire du bénévolat dans un centre pour personnes âgées, j'y serais allée, merci. J'ai choisi un travail qui ne repose pas sur la parole. Ça doit quand même en dire un peu sur ma personnalité.

– Je m'appelle Lisette.

– Oui, je sais. Moi, c'est Martine.

– Oui, je sais.

Ça commence bien.

– Écoute, Martine, mettons les choses au clair immédiatement. Tu n'auras pas vraiment besoin de parler avec moi. J'ai de la conversation pour deux. Pourquoi n'irais-tu pas nous chercher deux tasses vides ?

– Vides ?

– J'haïs la tisane. Une boisson conçue pour les malades du foie, les insomniaques et les vieux. Trois catégories de personnes dont la société pourrait facilement se passer.

Elle cherche à me choquer. Visiblement. D'ailleurs, Lisette guette ma réaction avec le même sourire en coin qu'elle arborait au début de notre rencontre. Elle sent qu'elle a repris le contrôle de la situation. Totalement victime d'une septuagénaire sadique, totalement impuissante et pas fâchée de sortir de la salle, je décide de ne pas répondre et d'aller chercher des tasses.

• • •

– Hubert, mon mari, est mort sans faire d'éclat, dans son sommeil. Tout le monde, et mes ingrats d'enfants en particulier, a cru à tort qu'il était un homme doux, sans histoire et facile à vivre. C'était moi la méchante, la salope qui empoisonnait sa vie. Que de calomnies et de faussetés ! Hubert était un emmerdeur de première. Et le pire du genre en plus. Il faisait partie des emmerdeurs subtils. Ceux qui emmerdent sans trop que ça paraisse, mais avec une stabilité sans faille. Il ne mangeait pas n'importe quoi, le cher Hubert. Monsieur n'aimait que les choses lisses. Le beurre d'arachide crémeux, le jus sans pulpe et le yogourt au café. Il ne mangeait pas de fruits cuits et la couleur blanche l'ennuyait. S'il y avait trop de blanc dans l'assiette, il chignait, comme si on lui avait servi de la merde. Je n'ai pas mangé de chou-fleur pendant des années, sous prétexte que monsieur bâillait à sa vue. Et comme il passait pour un être gentil et généreux, il avait convaincu les enfants, ces petits monstres qui préfèrent toujours le parent qui ne s'occupe pas d'eux, que le chou-fleur était mauvais. Que son absence de couleur signifiait un manque de vitamines et même la présence d'un poison lent. La bonne, qui déjà en avait plein les bras avec les tâches ménagères quotidiennes, a dû se plier pendant des années à ses demandes culinaires absurdes. À sa mort, je me suis bourré la face d'un gratin de chou-fleur. Avoir pu, j'aurais juste mis ça dans le buffet après la cérémonie. Mais ses enfants adorés ont encore crié au meurtre, comme si je m'apprêtais à tuer quelqu'un, alors que la seule personne que j'aurais eu envie d'assassiner était déjà morte. Si tu veux un conseil, Martine, ne te marie jamais.

– C'est un peu passé de mode.

– Tant mieux. Mais comme tout ce qui est passé, ça va revenir. De toute façon, ne te fais pas d'illusions, tu vas finir toute seule. Comme tout le monde.

Lisette a pris ses aises sur la table de massage. Elle est allongée sur le côté et il ne lui manque plus que l'esclave noir tout en abdominaux pour l'éventer avec une feuille de bananier.

– Je suis désolée, Lisette, mais vous n'êtes pas toute seule. Vos enfants sont là et quoi que vous en disiez, ils ont beaucoup de patience de vous supporter. Si vous aviez été ma mère, vous seriez probablement en train de pourrir dans un centre pour personnes âgées, proche d'une autoroute.

– Elle parle pas beaucoup, la masseuse, mais quand elle s'y met, tassez-vous de là. T'as raison, Martine, je suis probablement injuste avec mes enfants. C'est tellement difficile de les regarder, parfois, et de voir qu'ils me ressemblent. Prends mon premier par exemple. Michel. Il n'est pas chanceux, c'est mon portrait tout craché. Et je suis laide comme un chou qu'on aurait oublié dans le four.

Je ris. Ça me sort tout seul de la bouche.

– Tu peux bien rire. Aujourd'hui, je m'en fous, mais j'ai passé ma vie d'adulte à essayer de faire des miracles avec mon visage. J'ai bien vu que Michel aussi en souffrait quand il a commencé l'école. Il n'y avait pas une petite fille qui s'intéressait à lui. J'ai tenté de lui faire comprendre que c'est en ayant un caractère explosif qu'il allait réussir à se démarquer. En tout cas, toi, Martine, tu devais pas être trop mal, non ?

– Je ne sais pas. Dans la moyenne.

– Une chose est sûre, t'as toujours dû être une petite fille très fine. À l'écoute des autres. Pour faire ton métier, il faut avoir ces qualités-là, j'imagine. Il faut vraiment aimer le monde.

Non, ce n'est absolument pas obligatoire.

– Je ne sais pas.

– Moi, je ne pourrais jamais. Toucher à toutes sortes d'individus mal lavés ? *Over my dead body !*

– Ce n'est pas aussi pire qu'on le dit.

– Tu masses beaucoup d'hommes ?

– Un peu. Ils ne représentent pas la majorité…

– Tu n'aurais jamais pu toucher à un cheveu de Hubert, ça, c'est sûr ! Je n'ai peut-être jamais été colleuse avec mes enfants, mais au moins, je les ai torchés. Hubert n'a jamais changé une couche.

Un mot de plus sur Hubert et je la sors d'ici. Je regarde discrètement le cadran numérique posé près du lecteur de disques. Plus que vingt minutes en enfer.

– Et tes clients, ils parlent beaucoup avec toi ?

– Pas autant que vous, ça, c'est certain…

– Mais ça leur arrive qu'ils te parlent de leur vie ?

– Encore une fois, pas autant que vous…

– Mais bon, ça peut t'arriver de devenir comme une sorte de psychiatre mal payée finalement ?

– Bon, écoutez, madame, je pense que nous allons écourter cette séance, et je vais me faire un plaisir d'aller moi-même expliquer à votre bru que pour une première fois, quarante minutes, c'était amplement suffisant. Et vous allez aussi me faire le plaisir de prendre rendez-vous avec quelqu'un d'autre. Je vous conseille Louis, il est très expérimenté et il est à l'écoute de ses clients.

Si j'avais eu deux minutes, je me serais posé des questions sur la véritable valeur de mon amitié pour Louis. J'attrape le sac de Lisette et m'apprête à ouvrir la porte quand sa main, presque faite de papier tant sa peau est mince, se pose sur la mienne pour m'arrêter.

– Merci, Martine. Mais ce ne sera pas nécessaire. Tu as raison, quarante minutes pour une première fois, c'est bien assez. J'espère seulement que tu changeras d'idée pour le prochain massage.

Sa main d'origami devient aussi lourde que du plomb. Même quand Lisette finit par l'enlever, prendre son sac et quitter la pièce, je peux encore sentir son empreinte sur mes jointures.

• • •

Je descends illico à la réception afin de mettre les choses au clair.

– Ma dernière cliente, Lisette quelque chose, je ne veux plus jamais avoir un rendez-vous avec elle. Refile-la à quelqu'un d'autre, n'importe quel *masso,* je m'en fous.

– Écoute, Martine, tu n'es pas vraiment en position de donner des ordres ici. Il n'y a pas beaucoup de clients qui demandent à avoir un rendez-vous avec toi. Ce n'est pas comme si tu faisais rouler la boîte. Et ce n'est pas non plus l'envie de te rendre service qui me démange. La dame a déjà pris quatre autres rendez-vous, je n'ai pas l'intention de la rappeler pour changer ça.

– Donne-moi son numéro. Je vais faire ton job.

– Elle t'a laissé quarante dollars de pourboire. Ce serait quand même dommage pour toi de ne plus en profiter.

Pense. Pense. Pense.

Je peux jouer mon rôle de massothérapeute outrée et rester intègre en refusant de rencontrer Lisette une autre fois. Parce qu'elle a dépassé les bornes, parce que je ne suis pas psychothérapeute. Ou je me transforme en massothérapeute pauvre que l'on peut soudoyer et je ne rechigne pas à l'idée de me faire payer à ne rien faire.

– Alors, Martine, je te note le numéro sur un papier ?

– Euh, oui, je veux lui parler.

– J'annule les autres rendez-vous alors ?

– Euh, non, pas tout de suite, probablement, mais je t'en reparle bientôt.

– Tu me tiendras au courant.

En remontant les marches, je sens son sourire planté dans mon dos.

· · ·

Je vérifie compulsivement mes messages dans ma boîte vocale. Je ne sais pas ce que j'attends. Mais j'attends. Dès que la voix préenregistrée mentionne que je n'ai aucun nouveau message, je raccroche violemment, honteuse d'espérer secrètement des nouvelles de Yannick. «Martine, j'ai fait une erreur, je pense constamment à toi quand je suis dans ses bras. Elle ne me touche pas comme toi.» Je nourris l'espoir qu'il revienne. Mais comme tous ceux avant lui, il ne le fera pas. Depuis deux mois, j'ai beaucoup de difficultés à trouver le sommeil. Louis m'avait conseillé quelques infusions à base de camomille, mais l'envie d'uriner était si forte qu'elle s'immisçait jusque dans mes rêves. Durant mes nuits d'insomnie, je me suis rendu compte avec tristesse que je n'étais pas amoureuse de Yannick. On ne peut pas aimer quelqu'un que l'on ne connaît pas. Je m'accroche aux miettes que les hommes veulent bien me donner. J'en fais de délicieux gâteaux. En contrepartie, je reste à la surface de leur existence, aussi furtive qu'une ombre, prête à déguerpir au moindre faux pas. Et quand vient le moment de me quitter, ils n'ont pas besoin de fournir une explication. Je disparais avec la valise que je n'ai jamais défaite.

Pour passer le temps, j'ai essayé de me trouver une activité. Louis m'a prêté une pile de bouquins

« à lire absolument » et ayant tous sur la couverture une illustration de l'océan avec un coucher de soleil et promettant tous un voyage au cœur de sa personne. Pas convaincue que c'est vraiment là que j'ai envie d'aller, je n'en ai pas ouvert un seul. J'ai tenté de me remettre au jardinage, mais l'été est presque terminé. Je suis retournée à la piscine, mais il y avait trop de chlore et de gens nageant en zigzag dans les allées. J'ai voulu suivre un cours de cuisine japonaise, mais je me suis découragée devant la cuisson du riz. Je suis plutôt restée dans mon lit, à ne rien faire, le ventilateur balayant l'air et la poussière de mon appartement.

Les arbres ont commencé à rougir. Je me suis réveillée ce matin avec l'automne.

• • •

Le gros hindou me suit dans ma cabine. Je referme la porte derrière lui et l'invite à s'asseoir. Comme je suis pressée par le temps et que la dernière chose que j'ai envie de faire est d'empiéter sur mon heure de lunch, je lui pose les questions du bilan de santé le plus rapidement possible, ce qui ne me change pas beaucoup de ma démarche habituelle.

Depuis l'épisode de Lisette, la réceptionniste m'accueille toujours avec un large sourire machiavélique. Je la soupçonne de mal *booker* mes rendez-vous, provoquant une série de trous mal placés dans mon horaire.

– J'adore le massage des pieds et de la tête. En fait, si vous pouviez vous concentrer uniquement sur ces deux parties, je serais très heureux.

Yes! J'entrevois avec jouissance une longue séance de soixante minutes assise. Cette promesse de bonheur paresseux tombe à pile. Je suis enchantée d'avoir le gros hindou comme client. Même si, en l'apercevant dans la salle d'attente, j'ai tenté de proposer un troc à Louis qui avait rendez-vous avec une charmante trentenaire mince comme un fil.

En ouvrant la porte après m'être lavé les mains, je suis tout de suite assaillie par l'odeur. Ça pue, c'est épouvantable. Une authentique odeur de pied en putréfaction, un mélange explosif de fromage, de champignons et de curcuma. Le tout bien fermenté dans un bas synthétique. L'odeur a littéralement envahi la pièce. En quelques minutes, elle s'est déjà propagée partout.

Le souffle coupé, je regarde mon client allongé sur le dos dans l'obscurité. Il a déjà l'air endormi. Je suis rouge de rage, j'ai le cœur au bord des lèvres, je me sens incapable de respirer ici pendant toute une heure. Je suis insultée, c'est ça. Insultée qu'on ait si peu de respect pour demander un massage de pieds quand ceux-ci sentent le sac à vidanges. Il pense quoi, lui ? Je ne vaux même pas la peine qu'on se lave? Mon premier réflexe est de lui ordonner d'aller se passer un savon avant le massage, au risque de créer un malaise. Je m'apprête à me jeter sur lui comme une massothérapeute enragée quand quelque chose me retient.

Je respire par la bouche avant de me diriger vers la bouteille d'huile essentielle d'eucalyptus. Théoriquement, elle sert au relâchement musculaire. Aujourd'hui, elle me sera beaucoup plus utile. Je brûle au deuxième degré l'ensemble de ma muqueuse nasale en versant une énorme quantité d'huile dans mon nez. Ça chauffe atrocement, mais je ne sens plus rien. Je monte le volume de *Plénitude dans la savane*, volume 58 au maximum et approche ma chaise de ses pieds. Je dévoile ceux-ci en retirant le drap. Ils sont là, innocents et légèrement écartés. Je commence par empoigner le droit. Il est humide. Je sens la sueur dont il est recouvert glisser sous mes doigts. J'ai envie de gifler ce pied droit. Je n'ai plus rien d'une professionnelle empathique et pondérée, je suis hors de moi. Je me sens comme une esclave obligée de prendre soin du maître du harem. D'ailleurs, mon pacha en question semble déjà au septième ciel, le corps entièrement relâché, sa tête ayant roulé sur le côté.

Au bout de trente-cinq minutes, je décide enfin de terminer ce massage de pieds. L'effet de l'eucalyptus s'est considérablement atténué. Je n'approche pas mes mains de mon visage. Je les approche plutôt de son visage à lui. Je suis sûre de moi, sûre de ma vengeance. Un massage de la tête, ça inclut le visage, non ? Les mains encore enduites de son humidité corporelle, je m'applique à donner le meilleur massage du visage de toute ma vie. Je dois cependant me contenir pour ne pas complètement rentrer mes doigts dans ses narines. Je veux qu'il proteste. Je veux qu'il exige que je me lave les mains. Je l'attends avec ma réponse toute cinglante : « Ah bon. Il vous est insupportable que je passe de vos pieds à votre visage sans me laver les mains, mais il vous semble correct que je touche vos pieds sans qu'ils soient lavés ? »

Oui, allez parle ! Reproche-moi mon comportement ! Sois insulté même, fâché si possible. Fais les gros yeux. Tu seras tellement indigné que je les verrai même dans le noir. Pour une fois que je peux retourner la balle. Je ne compte plus les situations dans ma vie où je n'ai pas eu de répartie. Où je me suis mise au lit avec un sentiment de frustration intense. Mais cette fois-ci, je saurai quoi répondre et ce sera encore plus fantastique que tout ce que j'aurais pu imaginer.

– Ah, ça fait tellement du bien.

Mon client se trémousse littéralement de bonheur, faisant claquer sa langue sur son palais, comme après une longue nuit de sommeil. Son observation me ramène brusquement à la réalité. Je suis bien obligée de constater qu'il n'y aura aucune confrontation entre lui et moi. Qu'au contraire, j'aurai sûrement droit à de chauds remerciements, peut-être même à un généreux pourboire. Je suis un peu déçue. J'étais prête, j'avais mes arguments au bout de la langue, ils n'attendaient que le signal. Je m'étais trouvé une cible, un ennemi, un adversaire contre qui j'aurais gagné. En utilisant ses pieds puants comme prétexte, j'aurais pu me délester de toute la hargne qui m'habite. Mon client aurait pu partir avec un peu de tout ça sur son dos et je me serais sentie plus légère. Je termine le massage en lui grattant le cuir chevelu. Puis, je sors de la pièce pour le laisser se rhabiller. Avant de partir, l'hindou me sert chaleureusement la main et y glisse un billet de dix dollars. Au lieu de lui dire « *Thank you* », c'est un « *Sorry* » qui sort de ma bouche.

• • •

Ça y est, on ne peut plus mettre de sandales. Seuls quelques courageux continuent d'en porter, au risque d'avoir les orteils bleus. J'ai toujours eu peur qu'une petite extrémité de mon anatomie gèle et qu'on soit obligé de la couper. Quand j'étais enfant, quelqu'un m'avait dit qu'il ne fallait pas passer ses mains glacées sous l'eau brûlante. Ça pouvait faire mourir les doigts et ensuite, le docteur était obligé de les amputer. Surtout le petit. C'est sûr qu'avoir à choisir entre un orteil ou un doigt en moins, je prends l'orteil. Avoir à choisir entre une jambe ou un bras en moins, je prends quoi? Admettons que j'ai été kidnappée par un méchant malfaiteur sadique doté d'une scie et que j'ai un fusil sur la tempe, je choisis quoi, la jambe ou le bras? Je serais forcée de prendre une décision instinctive, pour ma survie, je ne pourrais pas peser le pour et le contre des deux possibilités. Faire une liste des plus et des moins. Imaginer des situations de la vie courante, sans les jambes, puis sans les mains et évaluer quelle version est la plus vivable.

– À quoi tu penses?

Cette question me fait hurler à l'intérieur de moi-même. J'haïs cette question. Je ne la pose jamais et je ne comprends pas pourquoi on me la pose. Dois-je répondre à Louis que je suis en train de penser s'il est préférable d'être cul-de-jatte ou manchot? Comment peut-on seulement poser une question pareille et attendre une réponse honnête en retour?

– Rien. Je ne pense à rien.

– Menteuse. Je te gage que tu penses à ton premier client. Le beau Philippe.

– Philippe? Je masse Philippe?

Je suis sincèrement surprise. Je me retourne un peu trop vite vers Louis, trahissant mon étonnement et ma fébrilité. Je suis bien obligée de l'admettre, depuis que je l'ai vu dans le métro, Philippe exerce sur moi un pouvoir étrange. Je ne le connais pas. J'ai touché ses fessiers, ses tendons d'Achille et ses creux poplités plusieurs fois, mais je ne sais rien de lui. Je ne sais même pas ce qu'il fait comme travail. Il n'est pas très bavard et je ne suis pas particulièrement curieuse.

– Je crois que tu lui as bien plu la dernière fois, il a demandé que ce soit toi aujourd'hui.

– Ah oui ?

Je me dirige vers la salle d'attente, non sans avoir préalablement vérifié ma coiffure et mes dents. En raison des conseils de Louis, mais je ne sais plus pour quelle raison, j'évite le blé et j'ai toujours la crainte d'avoir un flocon de kamut coincé entre les deux incisives.

Je vois la tête blonde de Philippe dépasser de la chaise longue au large dossier. Une fois devant lui, j'essaie de décoder dans ses yeux un certain bonheur de me voir. J'en perds un peu mes moyens et pour la première fois, en cinq ans de carrière, je lui dis que je suis contente de le revoir en l'embrassant sur les deux joues. Il a l'air un peu surpris, mais pas choqué. Je m'en veux aussitôt. Non pas d'avoir outrepassé les règles de mon code d'éthique professionnel, mais plutôt d'avoir enfreint celles de mon code d'éthique personnel. Je me dépêche d'arriver dans la salle de massage, histoire de baisser les lumières pour cacher le rouge sur mes joues. Un peu déboussolée, je me trompe d'abord de pièce en faisant passer Philippe dans celle de Louis. Assis sur une chaise, les jambes allongées sur la table, ce dernier est en train de lire un article sur l'impact néfaste de l'aspartame sur nos vies. Il lève les yeux de sa revue, un peu surpris de notre entrée. Je me confonds en excuses : « J'ai dû me tromper de porte » et je précède Philippe jusqu'à la bonne cabine. Une fois à l'intérieur, je l'invite à s'asseoir tandis que j'essaie de faire taire le disque qui s'est mis à sauter. Je réduis enfin au silence l'ambiance de forêt enchantée, non sans avoir appuyé sur tous les boutons de l'appareil.

– Bon, on y est. Ça va ?

J'ai peine à m'entendre parler, tellement ma voix sonne faux. Je plonge mon nez dans le bilan de santé et je relis mes commentaires écrits il y a un mois – *trapèzes supérieurs tendus*.

– Oui, ça va, même si j'ai eu un mois pas possible au travail.

Je n'en crois pas mes oreilles. Philippe a ajouté une phrase après le *oui*.

– Ah oui ? Ça vous a stressé…

Demande-lui où il travaille et dans quel domaine et s'il aime son boulot et s'il est marié.

– Au niveau des trapèzes supérieurs, j'imagine.

– Oui, en effet, je sens ça un peu tendu. Mais comme la dernière fois, ce sera parfait.

• • •

J'entrebâille la porte très doucement et jette un coup d'œil à l'intérieur. Je discerne le corps de Philippe sous le drap. J'ouvre un peu plus grand et referme derrière moi. Ces quelques secondes qui précèdent le début d'un massage m'apparaissent toujours étranges. Si le client est allongé sur le ventre, le visage bien écrasé dans le trou de l'appui-tête, il n'y a plus de contact visuel entre nous. Je pourrais faire ce que je veux. J'ai quelqu'un de légèrement vêtu devant moi qui me tourne délibérément le dos et qui me laisse contrôler la situation. Je ne me souviens pas d'avoir fait preuve d'un tel abandon avec quiconque.

Je regarde la face postérieure du corps de Philippe tout en tentant de faire jouer le disque convenablement, qui rend l'âme à force d'être constamment manipulé par des doigts huilés. Je remarque maintenant que mon client est très grand, ses pieds dépassent presque de la table. D'habitude, la personne allongée perd un peu de son identité, mais aujourd'hui, c'est différent. Je ne sais pas.

Tout de suite après ma formation, j'ai commencé à travailler dans un centre de massothérapie situé dans un hôtel à côté de l'aéroport. Je massais essentiellement des hommes d'affaires qui assistaient à des colloques et à des réunions dès qu'ils avaient mis le pied sur le sol québécois. Leur compagnie ne se donnait pas la peine de leur fournir une chambre au centre-ville puisqu'ils reprenaient l'avion sans tarder. Certains en étaient à leur dixième visite à Montréal et ils n'avaient jamais rien vu de la ville. Comme nous ne faisions aucun effort pour fidéliser la clientèle, la direction se permettait de tourner les coins ronds et d'exploiter leurs employés au maximum.

Chaque thérapeute occupait ainsi deux salles. Dès qu'un client arrivait pour son rendez-vous, une réceptionniste le guidait dans une pièce de massage, l'invitait à se déshabiller et à se glisser sous les draps, à s'allonger sur le ventre, la face dans le trou. Dès qu'un massothérapeute avait terminé un massage, il sortait de la cabine pour rentrer immédiatement dans une autre où l'attendait un dos anonyme. Au début, j'étais extrêmement gênée d'agir ainsi. Cela venait contredire tout ce qu'on m'avait enseigné : la prise de contact, l'empathie, l'importance de rassurer le client sur le déroulement de la séance. Je me sentais plutôt comme une ouvrière qui vient travailler sur une chaîne de montage. Je m'amusais à imaginer les traits du visage de la personne que je massais en étudiant ses pieds ou la densité de sa pilosité. J'étais d'autant plus étonnée que certaines personnes, même une fois allongées sur le dos, ne levaient même pas la tête pour jeter un œil sur celui ou celle qui les tripotait. Cela ne les intéressait même pas de savoir mon sexe, mon âge ou si j'avais une bouille sympathique. Je n'étais qu'une paire de mains, plus ou moins habiles, plus ou moins fermes et plus ou moins douces. J'ai démissionné dès que je me suis trouvé un autre emploi ailleurs. Non pas parce que je n'en pouvais plus de ce manque de chaleur humaine, mais plutôt parce que se rendre à l'aéroport en transport en commun, c'est presque du suicide.

Je dévoile le dos de Philippe. Il est parsemé de quelques grains de beauté discrets et sa courbe lombaire est prononcée, un peu osseuse. Elle forme une petite vallée surmontée par deux fesses rebondies. J'essaye de synchroniser mon massage sur sa respiration, mais je devine à peine le soulèvement de sa cage thoracique lorsqu'il inspire. Je me demande s'il retient son souffle. Sa peau prend de l'expansion, doucement, imperceptiblement. Je sens même parfois qu'elle me dit de continuer. Je ne regarde pas l'horloge. Je ne fais pas le calcul pour savoir à combien mon salaire de la journée s'élèvera. Je ne me demande pas avec quelle manœuvre je devrais enchaîner. Tout se fait tout seul. Je masse ce que son corps me dit de toucher. Je ne prémédite rien. Je masse et c'est tout. Je sais où aller et c'est tout.

Je ne vois pas son visage. La pièce est presque entièrement plongée dans l'obscurité. C'est en prenant sa main que je me rends compte que ça en est une. Qu'elle appartient à quelqu'un. Qu'un homme s'en sert pour se gratter, pour frapper sur la machine distributrice, pour replacer une mèche de cheveux derrière son oreille, pour caresser quelqu'un d'autre. Qu'un corps n'est jamais qu'un corps, même si je le veux. Il est toujours quelqu'un. Il porte un nom. Je ne peux pas séparer une main de ses secrets.

Je m'arrête un peu. J'ai de la difficulté à continuer.

Quelque chose s'est transformé. Est-ce dans l'air ou ailleurs ? Est-ce en moi ou ailleurs ? J'ai chaud tout d'un coup. Mon cœur s'accélère. Le bout de mes doigts devient extrêmement sensible et je peux arriver à sentir les pores de sa peau.

Il paraît qu'on doit avoir une vie sexuelle très saine en tant que massothérapeute. Vous m'en direz tant. Quant à moi, il vaut mieux avoir en tout temps une vie sexuelle saine, peu importe sa profession. Mais il paraît que c'est pire quand tu touches plus de cinq corps tout nus par jour. Je comprends le raisonnement.

La sexologue qui m'a enseigné, et qui était si moche qu'elle en perdait beaucoup de crédibilité, insistait sur le fait qu'il ne fallait pas mélanger travail et vie privée. Et qu'il pouvait être très difficile de masser des gens lors d'une peine d'amour ou quand on manque d'affection.

Je pose la main de Philippe sur ma cuisse. Pas pour l'exciter, pas pour l'agacer. Je le fais souvent pour masser les extenseurs de l'avant-bras. Je pose mon genou sur la table et y dépose la paume du client. C'est plus pratique et plus efficace, ça me donne un semblant de répit. Mais aujourd'hui, je ne devrais pas. Je le sais au fond de moi. Je sens qu'il y a une limite, qu'elle peut-être dépassée. Je pense beaucoup à mon ex-professeur de sexologie. Je sens bien que je ne suis pas insensible à cette main, posée sur ma cuisse. Une main d'homme, lourde et large. Avec un peu de corne sous le petit doigt. Les larmes me montent aux yeux. Elles restent coincées quelque part entre ma gorge et mon nez.

Sa main devient pesante et je voudrais qu'elle reste là, longtemps. À toute vitesse, je revois les visages de ceux qui ont déjà mis leur main sur moi et je me rends compte qu'ils ne sont pas nombreux. Ils ne sont pas beaucoup à avoir posé leur main sur ma cuisse. Amoureusement. Affectueusement. Pas pour m'empêcher de partir, mais pour m'inviter à rester. Ma cuisse devient ultrasensible, à l'affût de tous les détails. J'ai une envie insoutenable de caresses, de contacts, de sang chaud contre sang chaud, de salive, de sueur et d'odeurs. Du sexe sans les yeux. Sans prendre la pose. Sans esthétisme ni mode d'emploi.

Le système de ventilation a beaucoup de mal à filtrer les phéromones dans l'air. Et moi, j'ai beaucoup de mal à filtrer tout le désir et la solitude qu'exhale mon corps. Je masse son avant-bras depuis exagérément trop longtemps. Mais je ne veux pas que sa main arrête de toucher ma cuisse, alors je masse encore ses extenseurs qui finiront par se liquéfier.

L'air s'est alourdi. Il est si dense que chaque inspiration demande un petit effort supplémentaire. J'approche ma chaise de l'extrémité de la table. Je suis si près de son visage. À quelques centimètres de sa bouche. Mes doigts pris dans ses cheveux, je me demande ce que j'ai à perdre. Pas grand-chose au fond. Le pire qui puisse arriver, c'est qu'il porte plainte. Que je perde ma licence. Que je devienne la honte de la profession.

Je suis incapable d'ôter mes mains de sa peau. Pourtant, je me doute bien que le temps est déjà écoulé. Qu'il serait raisonnable de tout arrêter. Avant que ça paraisse. Avant que je fasse quelque chose que je regretterai. Je sens mon cœur qui palpite, ses tendons qui frétillent, ses yeux qui bougent sous ses paupières, son poil qui se hérisse un peu. Je voudrais qu'il n'y ait plus rien qui m'échappe. Que je ne sois plus jamais aveugle. Aux signes des garçons qui ne m'aiment pas. Aux détails des baisers qui ne veulent rien dire.

Et si j'embrassais Philippe maintenant, cela voudrait-il dire quelque chose ? Ou ça signifierait juste qu'on est vivants, qu'on est dans le noir et qu'on ne parle pas ? Je ne peux pas savoir s'il me repousserait et en même temps, il me semble que cela gâcherait tout.

Tant pis, je le fais.

Je suis tellement près de toute façon, je penche un peu la tête et voilà, je suis rendue.

Le disque saute. Le disque de merde saute. La chanson de musique nouvel âge semi-cosmique se transforme en un bruit désagréable et ininterrompu. Si j'avais voulu gâcher volontairement mon seul moment érotique professionnel, je n'aurais pas mieux réussi. La bouche d'aération ravale toute l'électricité dans l'air. On entend juste *Silent Memory, the ultimate version* qui souffre le martyre à force de massacrer la même seconde. Ce qui m'avait paru si exaltant et unique se couvre de ridicule. Je me sens humiliée avec ma mise en scène de mauvais film, le rouge sur mes joues, la moiteur dans mes culottes et mon disque qui saute. Je dois sortir d'ici.

Je me lève d'un coup, m'accroche la cheville dans la patte de chaise et comme je ne vois rien, j'appuie sur tous les boutons de l'appareil en même temps. La chaîne stéréo se met automatiquement en mode FM et laisse entendre le célèbre *hit* des années 1970 *Freak out, le freak c'est chic* qui se met à jouer à plein volume en remplacement de la rivière qui coule. Je me confonds aussitôt en excuses et j'appuie une fois de plus sur tous les boutons en même temps pour tout faire taire. Si j'avais réussi à éliminer quelques-unes des tensions musculaires de Philippe, elles doivent toutes être réapparues à l'heure qu'il est. Et si j'avais réussi à lui faire avoir une érection, sa verge a dû se dégonfler au son du *freak, c'est chic*. Le silence est revenu dans la pièce.

Oh! Mon Dieu! Sortir d'ici. M'enfuir. Aller chercher un sac de papier et me mettre la tête dedans. Ne pas être obligée d'affronter son regard.

– Bon, je vais vous laisser vous rhabiller.

J'ouvre la porte. La luminosité m'asperge le visage et m'oblige à plisser les yeux. Je cours me réfugier aux toilettes. Normalement, j'effectue un retour avec le client après le massage. Quelques questions simples qui amorcent le dialogue comme le classique « Comment ça a été ? » J'enchaîne généralement avec « C'était pas trop fort ? » ou « Quelle partie du corps avez-vous préférée ? » avant de les foutre à la porte. Certains aiment bien parler et en profitent pour émettre toutes sortes de commentaires que je n'écoute pas. D'autres se sauvent comme si j'allais essayer de leur vendre quelque chose.

Je me vois très mal demander à Philippe quelle partie de son corps il a préféré se faire masser. Ou si la pression était bonne. Ou alors souligner la raideur de ses muscles. Non. Plutôt mourir. Il est hors de question que je lui pose une seule question. Il est hors de question que je commente gentiment la séance alors que je viens presque d'arracher les draps et de me rouler sur la table. Il est malheureusement aussi hors de question que je reste barricadée dans la salle de bains jusqu'à ce qu'il parte.

Il me reste encore une mince possibilité que Philippe n'ait rien senti. Et que je puisse m'en sortir honorablement. Pour cela, je dois simplement me composer un visage égal, un peu distant, froidement professionnel.

Je me passe un peu d'eau sur les joues avant d'ouvrir la porte et de tomber nez à torse avec Philippe.

– Ah heu…

– Pardon…

– Non, c'est moi…

– Non, non…

– Oui, oui…

– Ah…

– Bon, je vous laisse, alors…

Incontestablement, le plus beau bilan thérapeutique jamais fait. J'aurais dû obéir à ma première idée et me mettre la tête dans un sac de papier brun.

– Merci pour le massage. C'était très bien. Très relaxant. Surtout les avant-bras, je ne savais pas que j'avais autant de tension.

Je me retourne vers Philippe avec précaution, comme s'il avait pu fabriquer son petit discours dans les toilettes. Il est très convaincant. Il a les cheveux légèrement en bataille, quelques traces de tissus sur les joues et les yeux un peu bouffis, mais il ne semble pas différent des autres moments postmassages où je l'ai vu. Il ment, c'est clair. Il ne peut pas ne pas avoir ressenti toute ma charge érotique.

Mon délai de réponse est trop long. Je suis censée être celle qui dirige cette conversation. Je devrais réagir à sa remarque sur ses tensions musculaires. Après un massage, les gens aiment qu'on leur confirme qu'ils sont tendus. Certains même aimeraient remporter le titre du détenteur des plus gros nœuds. Comme si cela était enviable, alors que ça veut seulement dire qu'ils travaillent trop, qu'ils ne font pas assez de sport, que leur poste de travail non ergonomique va leur coûter la santé et qu'ils finiront avec un dos foutu à cinquante ans et beaucoup de regrets.

Je ne réponds toujours pas.

Réagis aux tensions. Ce n'est pas compliqué. Hoche la tête d'un petit signe complice du genre «Oui, beaucoup de tensions. Vous devez avoir une vie palpitante et riche en événements pour que ça laisse des traces comme ça.» J'en suis incapable. Philippe me fait toujours de l'effet. Je pensais que mon attirance spontanée allait disparaître avec la lumière, mais elle est encore là. Je ne parviens plus à être naturelle devant lui.

Je finis par bredouiller quelques phrases ridicules pendant dix secondes. Avant de disparaître, il me tend son poing fermé. Beaucoup de mes clients ont cette manie de caler au fond de leur paume un pourboire qui m'est destiné. Un peu comme s'ils me passaient un sachet de drogue. Je prends donc le papier froissé de la main de Philippe sans ouvrir mes doigts. Ce petit rituel discret implique aussi que je dois regarder la couleur du billet après le départ du client. Lors des massages précédents, Philippe avait pris l'habitude de me laisser cinq dollars. Un montant raisonnable. Mais qui ne veut rien dire non plus. Au-delà de ce montant, je sais que le client a vraiment apprécié la séance. Et au-delà de vingt dollars, je sais aussi que le client est riche. Les clients aux billets verts sont rapidement connus et appréciés de l'ensemble des employés.

J'adresse un au revoir silencieux à Philippe, lequel se dirige vers la sortie. Dès qu'il a disparu, j'ouvre mon poing doucement, comme s'il contenait un insecte qui allait s'envoler. Le papier froissé au fond de ma paume n'est ni vert ni mauve et pas même bleu. Il est tout blanc. Je le déplie délicatement avant de me mettre à lire.

• • •

J'ai crié si fort
Que les oiseaux se sont tus

C'est décidé, Philippe ne va pas bien. C'est le type de personnalité à éviter comme la peste. À moins de vouloir m'enliser dans un rapport totalement malsain avec un individu troublé psychologiquement qui va me voler les plus belles années de ma vie avant de s'en aller avec mon téléviseur.

Je ne comprends rien à ces deux vers. Ils sont maladroitement transcrits, ce qui me laisse supposer qu'il les a écrits dans la pénombre après le massage en se servant de sa cuisse comme appui. Vraiment, je n'y comprends rien. Je me serais attendue à tout, mais surtout à un numéro de téléphone. En fait, la dernière chose à laquelle je me serais attendue, c'est de la poésie. On s'attend rarement à de la poésie. Ce n'est pas que je n'aime pas le genre. Au contraire. C'est même très joli. Ou très triste. En tout cas, très fort. Bref, très personnel.

Je doute bien que ces quelques mots ont une très grande signification. Qu'ils me donnent accès à l'intimité de Philippe, à ce qu'il est vraiment.

Merci, je me sens très privilégiée. Mais je n'en demandais pas tant. À force de lire et de relire son message, je me rends compte que j'aurais préféré un numéro de téléphone. Ou pourquoi pas, un billet de vingt dollars ?

C'est de ma faute. J'ai ouvert la porte en prodiguant un massage sensuel à la limite de l'indécence. Philippe a senti que je voulais aller plus loin qu'une simple relation professionnelle. C'est peut-être même une forme d'avertissement de sa part : «Je le sais que tu t'intéresses à moi, Martine. Mais je ne suis pas bien. Je suis un dépressif chronique rempli de démons qui va ruiner ton existence, te prendre les plus belles années de ta vie et te voler ton téléviseur.»

Je n'ai rien contre les êtres tourmentés et mystérieux. Si Philippe veut l'être, c'est son droit le plus strict. Il n'y a aucune loi interdisant le mystère. Mais à certains moments, il est recommandé de parler clairement et sans métaphore.

– Je te dis qu'il y a des clients qui sont chanceux…

Je range le billet dans ma poche rapidement avant de me tourner vers Louis.

– Qu'est ce que tu veux dire ?

– Il me semble que t'es restée pas mal longtemps avec lui. Plus que le temps recommandé.

– Arrête tes insinuations. Il a voulu aller aux toilettes en plein milieu du massage. Tu sais comme c'est chiant un client qui oublie de pisser avant la séance. Il a fallu qu'il se lève, enfile le peignoir, aille aux toilettes avant de revenir. Et comme c'est un client régulier, je me sentais mal de lui couper son massage. Il est gentil. Il vient souvent.

– T'es rouge. T'as l'air complètement essoufflée.

En effet, j'ai le souffle court, comme lorsque je traverse les douanes vers les États-Unis et que pour une raison inconnue, je me sens très coupable d'un crime que je n'ai pas commis.

– C'est toi, aussi, avec tes questions débiles. Arrête de me surveiller.

– Relax. Je voulais juste savoir si on mangeait ensemble ce midi. J'ai apporté de la bouffe pour une armée. J'ai essayé une nouvelle recette du livre *Manger dans le cru de sa main*. Des spaghettis entiè-rement nappés de fruits et de légumes crus. C'est absolument délicieux. Ça canalise l'énergie vers les chakras, ça rééquilibre le karma.

– Oui. Je vais manger avec toi.

J'ai justement le karma de travers.

Article 41

Le membre ne doit pas faire usage de renseigne-
ments de nature confidentielle [...] en vue d'obtenir
directement ou indirectement un avantage pour lui-
même ou pour autrui.

J'ai crié si fort
Que les oiseaux se sont tus

J'ai relu mille fois cette simple phrase. Un matin, en allant porter mon bac de recyclage sur le trottoir, et en maudissant les pigeons obèses qui se pressaient autour de moi comme si j'étais le père Noël, j'ai décidé de tenter l'expérience : crier si fort que les oiseaux se tairaient.

Quand la réceptionniste du spa a formulé à mon endroit une énième réplique aigre, je me suis dit : j'ai crié si fort que la connasse s'est tue. Quand un inconnu dégageant une forte odeur m'a abordée dans le bus pour me parler d'un sujet insignifiant, alors que j'avais le nez plongé dans un livre, je me suis dit : j'ai crié si fort que le *moron* s'est tu. Quand je me promenais dans la rue et que des dizaines de camions sont passés à toute allure dans un boucan d'enfer, je me suis dit : j'ai crié si fort que la ville s'est tue. Et bon, même quand Louis s'est permis de passer un commentaire réprobateur sur le contenu de mon assiette, je me suis permis un petit: j'ai crié si fort que le mangeur de luzerne s'est tu.

Par contre, je ne suis pas parvenue à une seule explication plausible. Pourquoi Philippe m'a-t-il écrit cela? Est-ce une façon détournée et très déroutante de me faire la cour? J'ai fini par cesser de chercher une raison. Il y a des choses qui ne s'expliquent pas. Je ne sais pas quand je vais le revoir de toute façon. J'ai vérifié, il n'a pas pris d'autres rendez-vous avec moi ou avec qui que ce soit d'autre.

J'ai collé le papier sur mon réfrigérateur. Et maintenant, je ne le vois même plus. Je suis toujours étonnée de constater à quel point le quotidien reprend vite le dessus sur les petits événements extraordinaires de ma vie.

• • •

– Martine, tu savais qu'il va y avoir une réunion d'employés prochainement?

J'ai crié si fort que la connasse s'est tue.

– Hé! oh! Martine, je te parle.

Bon, ça ne peut pas marcher à tous les coups. Ce n'est quand même que de la poésie.

– Oui, oui, je t'écoute.

Je viens d'arriver au travail et je suis plantée devant l'ordinateur sur lequel est détaillé mon horaire de la journée. Je suis hypnotisée par le nom de Lisette qui a rendez-vous avec moi en fin d'après-midi. Je regrette de ne pas avoir été plus ferme lorsque j'ai refusé de la voir. J'essaie de penser au généreux pourboire que je vais recevoir en échange de mon dur labeur. Je me dis qu'il y a pire dans la vie que d'écouter une personne âgée déblatérer. Je n'ai qu'à m'asseoir et à écouter. Et à encaisser l'argent. Oui, il y a pire dans la vie. Il y a des gens en Afrique et en Asie qui triment dur toute leur vie. Dès leur enfance, ils doivent travailler dans des usines, des mines, des manufactures cancérigènes avant de mourir à l'âge de trente ans avec un corps de vieillard et une nombreuse descendance. Tous ces gens seraient plus qu'heureux d'échanger leur place avec moi. Oui, dans le fond, fais-le pour le Tiers-Monde aujourd'hui, Martine.

— Bon, je disais qu'il va y avoir une réunion d'employés prochainement. Je te tiendrai au courant concernant la date. Et pour une fois, tâche donc d'être présente. Tu travailles ici à temps plein. Ce serait la moindre des choses que tu t'impliques.

Je travaille justement à temps plein, ce serait la moindre des choses que je ne fasse pas d'heures supplémentaires.

— Oui, oui, je vais m'arranger pour être là.

Dernièrement, j'ai décidé de filer doux et de ne pas causer de remous, car je me suis fait convoquer dans le bureau du patron. Il voulait me parler de l'attitude gagnante à adopter dans le milieu concurrentiel du bien-être au XXIe siècle.

– Toi et moi, dans le fond, on est partenaires. Ou associés, si tu préfères. Je m'arrange pour attirer des clients, et toi, tu t'arranges pour les retenir. Cette entreprise-là, dans le fond, elle t'appartient.

Bon, je fais des massages. Je ne travaille pas pour la N.A.S.A. Je ne suis pas pdg d'une importante compagnie rapportant des millions. Je n'ai pas de contacts avec Shanghai ni New York, sauf quelques touristes en bermudas durant la saison chaude. Je masse des gens. Et mon patron peut me foutre à la porte demain matin s'il le désire. Il n'a pas l'intention non plus de me verser une partie des profits. Dans ce cas, que personne n'essaie de me faire croire que je suis un chaînon indispensable de la grande route vers le succès. Et c'est bien là le grand drame de ma vie : je ne suis pas indispensable. Je le sais. Mon employeur le sait. Mon propriétaire le sait. Tout le monde le sait. Mais j'ai aussi besoin d'argent et tous les susmentionnés le savent aussi.

Je me suis donc présentée dans le bureau avec un visage humble et j'ai fait ce que mon métier m'a le mieux enseigné : fermer ma gueule. Je soupçonne la réceptionniste d'avoir joué les langues sales à mon égard. Je ne lui en veux pas. C'est de bonne guerre. À sa place, je ferais sans doute pire. Et comme je pratique un métier où l'empathie est nécessaire, je pars déjà avec un préjugé positif. Alors que les téléromans nous ont maintes fois prouvé que les réceptionnistes ont une moralité douteuse.

– Tu sais quoi, Martine ?

Non et je m'en fous.

– Oui, quoi ?

– Je pense que t'as intérêt à arrêter de fixer l'écran parce que t'es déjà en retard pour ton premier rendez-vous. Que tu sois en retard parce que tu ne te lèves pas un matin, c'est une chose. Mais que t'arrives à être en retard une fois arrivée au spa, c'est quand même un exploit.

• • •

– Je t'ai apporté une surprise pour me faire pardonner.

– Ce n'était pas nécessaire.

Lisette est aussi bien habillée que la première fois. Elle porte une jupe droite de tweed si épais qu'elle doit tenir debout toute seule, un chemisier blanc immaculé et une paire de souliers vernis tout petits, comme si on avait volontairement comprimé ses pieds pendant son enfance. Ils doivent lui faire mal. Elle a probablement de la difficulté à marcher ou à maintenir son équilibre. Si Lisette le voulait, je pourrais lui faire une analyse posturale. Mais bien sûr, Lisette ne veut pas. Lisette veut s'asseoir sur ma table et me faire chier pendant soixante minutes. Je vais probablement avoir droit à la suite du palpitant feuilleton *Comment mon défunt mari a gâché mon existence*.

Ma cabine de massage est assez exiguë. La table est au centre de la pièce. Le reste de l'espace est occupé par deux chaises et quelques étagères sur lesquelles sont rangés le lecteur de disques compacts, une boîte de papiers-mouchoirs, un assortiment de serviettes et d'huiles essentielles. Au mur, les illustrations de dauphins ont récemment été remplacées par d'autres images plus représentatives de la relaxation contemporaine et montrant des gros plans de cailloux polis jetés sur du bambou. Malgré sa petite taille, Lisette me donne l'impression de prendre toute la place. Elle me tend une boîte de métal remplie de sablés au beurre.

– Ce sont de vrais *shortbreads* écossais. Directement importés d'Angleterre. Vive la reine !

Même si je suis bien décidée à être le plus désagréable possible durant la prochaine heure, ma volonté commence déjà à faiblir lorsque je regarde les biscuits dorés. Durant la dernière semaine, j'ai servi de cobaye à Louis avec ses expérimentations culinaires crudivores. J'ai avalé une sorte de pain cru sur lequel j'ai pensé ruiner tout l'investissement que mes parents avaient fourni en orthodontie. Je me suis réveillée ce matin avec une insoutenable envie de produits cuits. Et si possible, de produits cuits contenant du gras. Je prends un sablé du bout des doigts, comme s'il était empoissonné.

– Et pour faire passer ses petites merveilles, rien de mieux qu'un bon cognac. Vive le roi !

Lisette sort une flasque d'argent de son sac et sert de généreuses rasades dans les deux tasses posées devant elle.

– Comme ça, tu ne pourras pas te plaindre que tu n'es pas gâtée.

Oh boy ! Ça fait pas trois minutes que j'ai fermé la porte derrière elle et déjà, j'ai perdu le contrôle de la situation. Je sens le contenu de ma tasse. Ça sent fort. En fait, je n'ai jamais goûté à du cognac. Tout comme les fruits confits, ce n'est pas un produit de ma génération.

– Le cognac m'a sauvé la vie. J'en ai bu pour oublier toutes sortes de choses : le froid, la douleur, mes enfants, mon mari.

La revoilà partie. Je vais avoir besoin d'aide, je fais cul sec.

– Ça te fait changement du lait de soya ?

Lisette se penche pour me servir de nouveau. Je peux voir ses deux yeux noirs malicieux qui semblent lire à travers moi. Je peux imaginer la jeune femme qu'elle était, probablement fougueuse et passionnée. Je détourne le regard, incapable de soutenir le sien. Et tant qu'à y être, je tends la main vers la boîte de *shortbreads*.

— Sers-toi, Martine, sers-toi. Je les ai achetés spécialement pour toi. Fais quand même attention, ça s'en va directement dans les hanches, ces petites douceurs-là.

Je ne vais pas battre une personne âgée. Mais ce n'est pas l'envie qui manque. Je retire immédiatement ce que j'ai pensé. Lisette n'a jamais été fougueuse et passionnée, elle était juste chiante. Et comme plusieurs phénomènes naturels, cela ne fait qu'empirer avec le temps.

— C'est vrai que les miennes peuvent encore servir…

— J'adore ton sens de l'humour ! C'est rare pour une jeune femme de ton âge. En général, tes congénères sont de pauvres écervelées qui voient du positif dans tout. Quelle façon horrible d'envisager la vie, vraiment. Personnellement, ça me donne envie de vomir. Ce n'est pas comme cette petite collation d'après-midi. Je me sens tout d'un coup complètement ravigotée. Mes enfants n'en reviendront pas à quel point tous ces massages m'ont détendue ! Dis-moi, Martine, ça arrive qu'on te demande des extras ?

— Je pensais que je n'allais pas être obligée de parler.

– Ne sois pas si agressive. Moi aussi, j'étais très agressive à ton âge et regarde ce que je suis devenue.

– C'est en effet une assez bonne raison de renoncer. De toute façon, je ne suis pas capable d'être fâchée très longtemps. Au fond, je m'emporte vite, mais je me dégonfle rapidement.

J'ai dépassé la limite. J'ai parlé de moi. Ne jamais dévoiler d'information personnelle en présence d'un client. C'est la faute au cognac, j'ai déjà terminé ma deuxième tasse. Je commence à ramollir sur ma chaise.

– Je sais, Martine. Tu n'as pas l'air de quelqu'un de méchant. Il te reste pas mal de choses à vivre. J'imagine que quand tu te lèves le matin, tu as encore l'espérance que la journée qui s'annonce va être meilleure que la veille. Le jour où tu te réveilleras en te disant que ça ne peut qu'être semblable ou pire, tu sauras qu'il est temps d'investir dans une corde et un petit banc. Ou dans deux, trois bouteilles de cognac.

Lisette éclate de rire en me resservant à boire. C'est la première fois que j'entends son rire. Il ne doit pas avoir l'occasion de s'épanouir souvent puisqu'il semble sortir d'une caverne profonde. Elle lève son verre.

– *Topa* !

– To quoi ?

– *Topa*. Ça vaut dire «santé».

– Dans quelle langue ?

– En basque.

– Vous parlez basque ?

– Es-tu folle ? Jamais de la vie, c'est trop compliqué. Une suite imprononçable de consonnes. Non, vraiment, un charabia incompréhensible. C'est un ami qui m'a appris à dire ça. C'est tout ce que j'ai retenu.

– Comme le hongrois. Quand je suis allée me faire masser dans les bains publics à Budapest, je pensais que le gros costaud en serviette éponge avait comme objectif de me faire rentrer dans une boîte de paprika. Et il n'était même pas foutu de comprendre *stop.*

Je suis sérieusement saoule. Trois portions de cognac et hop ! Je suis déjà prête à me rouler sous la table ou à ébaucher quelques pas d'une danse folklorique. Je me sens bien. Très légère. Je ne pense pas aux conséquences de mes actes et je ne pense pas qu'après ma petite beuverie avec une représentante du troisième âge, j'ai encore deux massages qui m'attendent.

– T'as bien raison, Martine. Reste pas ici à te faire chier. Va voir le monde. Avant que tout ça explose.

Lisette sait comment briser une ambiance. Elle garde sa tête baissée, ses deux mains posées sur ses genoux. Elle a l'air triste. Comme si l'explosion du monde pouvait réellement la rendre malheureuse.

Je ne vois plus une chipie malcommode, je vois une vieille femme fatiguée. Même si je suis sur le point d'entamer mon quatrième cognac, il me reste assez de massothérapeute en moi pour me sentir coupable. Lisette a l'air triste comme la mort. Triste comme les enfants qui pensent vraiment que leur malheur n'aura jamais de fin.

Les possibilités de l'égayer me semblent assez limitées dans mon environnement immédiat. J'ai bien le nouvel opus du gourou de la musique nouvel âge intitulé *By the Sea, I'm Going Back to Human*, mais je doute que cela ne provoque autre chose qu'une crise de démence.

– Ça va, Lisette ?

– …

– Parlez-moi un peu de vous. Qu'est-ce que vous faites de vos journées ?

– …

Elle commence à m'inquiéter et je me vois mal aller chercher sa bru avec mon haleine de fond de tonneau.

– Vous n'êtes pas trop seule, j'espère.

– Seule ? Tu veux rire. Plusieurs fois par semaine, je suis entourée d'une bande de crétins.

J'avale le fond de ma tasse. Tout est sous contrôle. Lisette est on ne peut plus vivante et méprisante. Je peux retourner à ce délicieux Napoléon. Finalement, il est très buvable. Je pourrais m'habituer aux fruits confits un coup parti. Je ne dois pas oublier d'en faire mention à ma mère à Noël.

— Je ne sais pas pourquoi je le fais. Je déteste ça.

— Faire quoi ?

— Mon bénévolat.

— Du bénévolat… Dans le sens de faire un travail gratuitement pour aider un autre que soi ?

— Pour être gratuit, ça, ça l'est. Pour ce qui est d'aider, j'en doute sérieusement.

— Vous faites ça dans quel domaine ?

— Dans l'art.

Cette rencontre prend décidément un tournant auquel je ne m'attendais pas. Après Philippe et ses vers tourmentés, je crains de me ramasser avec toutes sortes de clients aux vocations artistiques insoupçonnées et aux caractères instables avec qui j'aurais des séances de massothérapie peu orthodoxes.

— Vous êtes artiste ?

— Oh non ! Grands dieux, non.

— Vous faites quoi, alors ?

— Je suis guide au Musée des beaux-arts.

— Mais c'est extraordinaire ! Vous devez apprendre plein de choses.

— Calme-toi le renforcement positif. D'abord, ce n'est pas Paris ici. Ça ne regorge pas de chefs-d'œuvre et de touristes. Deuxièmement, si tu voyais le nombre de bonnes femmes avec qui je suis, tu serais découragée.

– Je travaille aussi dans un univers de femmes.

– Oui, mais elles ne donnent pas l'impression à tout bout de champ d'avoir mené une vie parfaite.

– Je dois dire qu'avec vos vêtements bien repassés, vous n'êtes pas loin de ça, vous non plus.

L'avantage d'être saoule, c'est de livrer le fond de sa pensée sans se censurer. Pour célébrer la vérité, je décide de me resservir encore un brin.

– Vous le faites parce que vous aimez l'art ?

– Même pas.

– Vous aimez quoi, alors ?

– Je ne sais pas. Rien.

– Ce n'est pas possible.

– Ah oui ? T'aimes quoi, toi ?

Je ne sais pas.

La réponse, même silencieuse, me dégrise pendant une petite seconde.

Je n'aime rien.

Ce n'est pas possible.

J'aime le cognac et les *shortbreads* écossais.

– Beaucoup de choses. La nature…

– Assez pour en mourir ?

– Non.

– Alors, c'est que t'as jamais assez aimé.

C'est quoi, cette idée de vieux cons que l'amour doit être lié avec la mort ? Sinon, il n'est pas assez fort, pas assez beau. Sinon, il ne vaut rien. Je me cramponne au dossier de ma chaise parce que la photo du gros galet poli commence à bouger et que le zen doublé me donne mal au cœur.

– Bien sûr, évidemment, je n'ai pas assez aimé. Je n'ai rien vu du tout. Je suis une pauvre conne finie. Je ne sais rien de rien. Et tout ce que vous avez vécu est certainement cent fois plus troublant, traumatisant et triste que ce que j'ai vécu. Bon, est-ce que c'est moi ou le plancher est mou? Et il bouge…

– Écoute-moi bien, Martine. Je vais te faire une confidence parce que je t'aime bien. Je me retrouve en toi.

– Ça vous dérangerait d'échanger nos places pour que je puisse m'étendre sur la table?

– C'est vrai que t'es un peu verte.

Lisette me donne un coup de main, tandis que je monte sur la table. Ah! Être allongée me fait tout de suite du bien. Quand j'ouvre les yeux, par contre, le plafond tourne un peu. Je préférerais les fermer, mais pour montrer à Lisette que j'écoute ses propos, je les maintiens ouverts, quitte à me sentir comme dans une laveuse en marche.

– Mon mari Hubert…

J'abdique, je ferme les yeux.

– J'ai trompé Hubert. Je n'éprouve aucun remords, mais je n'aurais pas dû. Est-ce que ça rend la chose moins grave quand c'est fait par amour?

Je ne pense pas. Si j'avais la possibilité de tout recommencer, je ferais tout différemment. Je ne garderais rien. Pas même mon incroyable histoire d'amour extraconjugale. Elle aussi, je la mettrais à la poubelle. Si je pouvais tout recommencer, je n'adresserais pas la parole à Gaizko.

– À qui ?

– Gaizko. Le nom de mon amant. C'est basque. Oui, je sais, ce n'est pas évident tout de suite.

– En effet.

– Je l'ai rencontré lors d'un vernissage en 1971. Ne me demande pas ce que je foutais là, c'est très simple, je m'emmerdais. J'avais trois marmots à la maison qui me pompaient toute mon énergie. J'avais l'impression que mes journées étaient une longue succession d'affrontements. Ne va pas croire que je ne les aime pas. Je les aime. À ma façon. Qui n'est peut-être pas aussi exaltée que celle de bien des mères, mais crois-moi, avec des enfants, c'est impossible de jouer la comédie. Hubert avait quand même eu l'excellente idée d'engager une bonne. L'infatigable et fantastique madame Dubrovsky ! Une Russe aussi adorable qu'un passage au goulag. Elle était capable de changer une couche, de laver un plancher et de cuire un bortsch en même temps. Elle était la seule personne que j'étais contente de voir le matin. Elle me préparait toujours un thé noir très fort avec quelques biscottes. Je pense que madame Dubrovsky a toujours su que j'avais trompé Hubert. Si elle avait su que c'était avec un révolutionnaire basque aux tendances marxistes-léninistes, elle m'aurait peut-être assommée à coups de patates pour ne pas que j'aille le rejoindre. C'est parce qu'elle s'occupait des enfants que je suis allée à ce vernissage. Une voisine m'y a traînée de force pour me changer les idées. Je me suis retrouvée dans un endroit minuscule et bondé. Je me suis dirigée vers le bar sans même jeter un œil aux œuvres exposées. Dans l'ensemble, une horreur. Des suites de panneaux couverts de couleur. Principalement du rouge. J'ai commandé deux cognacs. L'effet a été immédiat. Mon cœur a ralenti. Mes muscles se sont détendus. J'ai pu savourer le troisième et observer la foule qui se pressait autour de moi. J'ai aperçu Gaizko au bout de quelques minutes. Je ne peux pas dire qu'il était beau. C'était un vrai nabot. Mais il rayonnait à sa façon. Il était avec quelques personnes, mais il ne se mêlait pas à la conversation. Plus tard, j'ai compris que c'était en raison de son français exécrable et qu'il ne comprenait pas l'anglais, mais sur le moment, j'y ai vu de l'indépendance d'esprit. Cela m'a charmée. Et je n'avais pas tort, Gaizko était un drôle d'oiseau. Un original. Je ne l'ai pas fréquenté longtemps, mais j'ai rarement compris ce qu'il me disait et encore moins ce qu'il pouvait penser. Après son départ, je lui ai écrit plusieurs fois, mais il ne m'a jamais répondu. Gaizko s'est avancé vers moi avec son verre de vin pour trinquer. *Topa !* On a bu comme des cochons. Il ne m'a pas vraiment fait la cour. Il m'a parlé tout à la fois de l'Espagne, de Franco, de la répression qui tirait à sa fin, de la liberté qui restait à reconquérir. J'avais l'impression qu'il parlait de moi. Je n'ai pas fait l'amour avec lui ce soir-là. J'ai vomi sur le trottoir. J'avais perdu l'habitude de boire. Il a noté le nom de son hôtel sur une vieille facture avant de m'asseoir dans un taxi. Je suis arrivée chez moi dans un état euphorique. Il neigeait à gros flocons. Les branches d'arbres ployaient sous le poids de la neige. Et j'ai vomi une deuxième fois devant ma porte. Je suis restée accroupie et la seule chose à laquelle je pouvais penser, ce n'était pas que j'étais tombée amoureuse ou que ma vie allait être bouleversée, mais que le contenu de mon estomac sur la blancheur de la neige me rappelait les toiles à la galerie.

Avec beaucoup d'efforts, je me relève sur un coude. Lisette est assise sur la chaise. Elle fixe le mur comme si elle pouvait voir au travers.

– Mais vous avez fini par le revoir, j'imagine ?

– Le lendemain du vernissage, je me suis réveillée dans une des chambres d'amis. Hubert était déjà parti au travail. Je me suis traînée jusqu'à la cuisine où madame Dubrovsky m'attendait avec une décoction spéciale censée me remettre sur pied. Enfin, c'est ce que j'ai conclu parce qu'elle m'a mis une tasse entre les mains en la poussant vers ma bouche. Si ça se trouve, elle aurait pu m'empoisonner. Je suis retournée plusieurs fois devant l'hôtel de Gaizko sans oser entrer à l'intérieur. Finalement, un après-midi, je me suis décidée. Il y avait encore une tempête de neige. Il faisait juste neiger cette année-là. Je ne pouvais pas rester sur le trottoir à regarder l'immeuble comme ça, sans rien faire. Je ne savais pas trop comment prononcer son nom et il s'en est fallu de peu pour que je m'en aille sans le voir parce que la fille à la réception était loin d'être une lumière et elle ne faisait aucun effort pour m'aider.

– Je comprends ça.

– Finalement, je suis montée à sa chambre au deuxième étage. C'était sordide et laid. Les tapis n'avaient pas été lavés depuis des siècles. Les rideaux étaient tirés. Il ne pouvait pas supporter la blancheur éblouissante de la neige. Ça lui faisait mal aux yeux.

– Hubert ne l'a jamais su ?

– Hubert n'a jamais été reconnu pour son sens aigu de l'observation.

Je regarde le plafond qui bouge au ralenti. Le silence est lourd dans la pièce. J'entends très loin, comme à des kilomètres, quelques esthéticiennes qui rigolent en lavant du matériel. J'entends quelqu'un marcher à l'étage du dessus, mais le bruit de ses pas semble être absorbé par du coton.

– Ne fais pas la même erreur que moi. Ne fais pas un enfant avec un berger basque indépendantiste que tu ne reverras plus jamais. Ne fais pas un enfant pour te rappeler chaque jour que la plus belle histoire de ta vie a duré le temps d'une tempête de neige.

En bougeant la tête, je sens la raideur du drap sous ma nuque, la chaleur dégagée par mes cheveux emmêlés. Lisette pose sa main sur la mienne. Ça me fait la même impression que la première fois. Mon corps se souvient de sa peau, mince comme du papier.

– J'ai besoin de ton aide, Martine. Juste un petit service de rien du tout qui ne te demandera pas grand-chose. Juste aider une petite vieille avant qu'elle crève.

Je ne suis pas capable d'ouvrir ma bouche pour protester. Elle est pâteuse et sèche comme un désert.

– Tu dois m'aider à entrer en contact avec le fils que j'ai eu avec Gaizko. Mon quatrième enfant. Tout le monde a cru, même lui, que le père était Hubert. Il est parti vers l'âge de vingt ans. Il a quitté la maison sans jamais donner de ses nouvelles. Hubert est mort sans jamais comprendre pourquoi son petit dernier ne lui parlait plus. Je suis certaine qu'il sait pour son père. Je suis sûre qu'il ne me le pardonnera pas de si tôt non plus. Je ne veux pas qu'il me pardonne. Je veux savoir ce qu'il est devenu. S'il est heureux en ménage. S'il a une famille. S'il va bien.

Sa main se referme de plus en plus sur la mienne. J'aurais envie de l'enlever. Je me sens prise au piège. Je suis incapable de retirer ma main.

– C'est triste, Lisette. Je veux dire, je compatis. Mais ce n'est pas de mes affaires, tout ça.

– Martine, tu ne comprends pas. Toute mon histoire de chèques-cadeaux, c'est de la *bullshit*. Il y a deux mois, je me promenais dans le parc à côté d'ici. C'est là que je l'ai vu. Mon fils disparu. Ça faisait plus de dix ans. J'ai pensé que le cœur allait m'arrêter. Je l'ai reconnu facilement. Je l'ai suivi jusqu'ici. J'ai laissé passer quelques minutes et je suis entrée à mon tour. Je ne savais même pas ce que vous vendiez. Une fille derrière le comptoir m'a demandé si j'avais un rendez-vous. Très gentille d'ailleurs, la jeune femme. J'ai fini par saisir que c'était une sorte de centre de santé. J'ai dit que mon fils était ici présentement pour un service quelconque et que je voulais lui faire un cadeau. Elle m'a demandé son nom. Tu peux imaginer le choc quand j'ai appris qu'il a changé de nom de famille. C'était comme une preuve qu'il m'avait vraiment reniée. J'ai exigé un rendez-vous avec la même personne qui massait habituellement mon fils. Elle m'a dit que ça changeait tout le temps, qu'il n'avait pas vraiment d'habitude. J'ai dit que j'allais prendre la masseuse avec qui il était ce jour-là.

J'essaie une fois de plus de retirer ma main. Je me jure de ne plus jamais accepter de boissons alcoolisées de la part de personnes âgées inconnues. Je vais même refuser les chocolats au brandy de la voisine de ma grand-mère.

— Je ne te demande rien. Juste de me dire ce que tu sais sur lui. Ce n'est rien. C'est facile à faire pour toi. Tu pourrais aussi me donner ses coordonnées. Vous devez bien les avoir. Je veux savoir le genre d'homme qu'il est devenu.

— Je peux toujours lui en parler.

— Ne lui dis pas que je suis venue te voir. Il va encore s'échapper. Il va se mettre en colère. Il ne voudra jamais me rencontrer.

— O.K., je vais y penser. Mais là, je ne me sens pas bien. Dites-moi le nom de votre fils, laissez-moi seule, pis je vais penser à ça pour notre prochain rendez-vous...

— Fais preuve de compassion, Martine.

J'ai mal au cœur. Elle et son malheur doivent quitter ma cabine le plus rapidement possible.

— O.K., O.K. Le nom, s'il vous plaît.

— Philippe. Philippe Béliveau.

．．．

Je ne sais pas ce qui m'a le plus saoulée: le co-gnac ou l'histoire de Lisette. J'ai le vague sentiment d'avoir vu la vieille dame se lever, prendre son manteau et partir. Je ne sais pas quand je me suis assoupie, mais je peux dire parfaitement à quel moment je me suis réveillée: quand une esthéti-cienne paniquée a ouvert la porte de ma cabine.

– Martine! Qu'est-ce que tu fais? Martine!

J'ouvre les yeux et me relève de peine et de misère en essayant de recoller les morceaux. De-vant moi se tient une blonde manucurée dont je me souviens vaguement du prénom qui finit par *a*.

– Ça fait trois quarts d'heure qu'on te cherche. Ton client attend. Je n'osais pas venir cogner parce qu'on ne savait pas si t'étais encore en train de mas-ser quelqu'un. Mais là, ton prochain client est pas mal impatient. Il s'est même plaint à la réception.

Je jette un coup d'œil dans le miroir pour constater que mes yeux sont rouges et que je dé-gage une image aussi santé qu'un baril de poulet frit. Je sors et tombe nez à nez avec la réception-niste qui semble sur le point d'avoir un orgasme à l'idée de me prendre en défaut deux fois dans la même journée.

– C'est bon, Martine, tu peux rentrer chez toi.

– Ça va. Je suis désolée. Je peux prendre le client.

– Je l'ai refilé à Marie-Claude qui avait une an-
nulation de toute façon. Elle va aussi prendre ton
deuxième. Je pense que c'est mieux que tu rentres
chez toi.

Sur le trottoir, un vent froid et sec me fouette le
visage.

• • •

Je ne me suis pas fait congédier. On a bien
voulu sous-entendre que c'était en raison de la période d'achalandage des fêtes qui s'annonce et que
je devais me tenir à carreau, mais le patron a dû
admettre que, n'en déplaise aux réceptionnistes
malveillantes, mes statistiques de massothérapeute
ne sont pas si mauvaises: j'ai de nombreux clients
réguliers et aucune plainte à mon dossier. Autrement dit, malgré mes quelques retards et ce récent
petit épisode d'assoupissement au travail, je suis une
employée modèle. J'ai prétexté un malaise pour
expliquer mes agissements. Même la réceptionniste
a dû reconnaître que je n'avais pas l'air dans mon
assiette. Heureusement, l'esthéticienne manucurée
a renchéri en témoignant de ma mauvaise mine. J'ai
inventé une histoire abracadabrante de nausées in-
supportables, finalement disparues après une bonne
nuit de sommeil. Pour être certaine que ça passe, j'ai
tout mis ça sur le dos de mes règles. Mon patron a

fait comme la plupart des hommes lorsqu'on aborde le sujet et a hoché légèrement la tête en conservant un petit silence respectueux. J'ai refermé la porte de son bureau en remerciant le grand mystère de la Vie. Dans les faits, je suis simplement restée chez moi à cuver mon cognac en attendant que ça passe.

En sortant du bureau, je me fais aussitôt accrocher par Louis.

– Qu'est-ce qui s'est passé ?

– Il n'était pas content…

– Non. Je veux dire, hier. Pourquoi t'es partie comme ça ? J'étais en massage. Je ne pouvais pas sortir.

– Je me suis sentie mal et comme j'avais une petite pause avant mon prochain client, je me suis étendue et je me suis endormie.

Louis me regarde d'un air sceptique. Je ne suis pas une très bonne menteuse.

– Mais maintenant, ça va mieux ?

– Oui, beaucoup mieux, merci.

J'essaie de me débarrasser de mon collègue. Mais ce n'est pas évident de le semer dans un minuscule couloir de couleur crème où le chuchotement est de rigueur.

– Je t'ai préparé une tisane d'artichaut. Ça désengorge le foie.

– Merci. Et toi, ça va ?

Louis se met à rougir. Je l'observe avec curiosité par-dessus ma tasse. Je ne suis pas habituée de le voir ainsi. Sans être froid ni distant, Louis ne se laisse jamais submerger par ses émotions.

C'est un bel homme au physique agréable, grâce à des années de pratique quotidienne de yoga et une consommation régulière de lactofermentations. Avec sa petite queue-de-cheval bien serrée retombant sur ses cervicales, il apparaît toujours comme un être excessivement équilibré. Il travaille son intérieur et participe à des week-ends de ressourcements amérindiens en banlieue de Maniwaki. Il a d'ailleurs déjà réussi à m'y traîner, mais il n'avait pas jugé bon de me spécifier que les femmes devaient porter une jupe et que pour participer aux activités de purification, elles ne devaient pas être menstruées. Je suis arrivée là en jeans avec une réserve importante de tampons. J'ai été rejetée comme une impure. Sans voiture, condamnée au camping, j'ai dû surveiller les enfants de tous ceux qui avaient le privilège de suer à grosses gouttes dans le tipi. Je n'ai pas été remboursée. Louis s'est senti si coupable qu'il m'a proposé plusieurs massages gratuits.

Il s'anime un peu en parlant de sujets qui lui sont chers, comme la fermeture d'esprit de la médecine occidentale, mais il reste toujours zen, comme s'il flottait au-dessus des événements, comme s'il avait trouvé la paix. J'ai longtemps cru que cette attitude était fabriquée de toutes pièces. J'imaginais Louis revenant chez lui à la fin de la journée et martyrisant de petits animaux pour évacuer sa rage contenue. Je travaille avec lui depuis cinq ans et je dois maintenant admettre qu'il est comme ça. Cela dit, il est le seul de sa catégorie. Tous les autres sont susceptibles de maltraiter des chatons dans leurs temps libres.

– Ça va, Louis ?

– Je n'ai pas beaucoup dormi.

– Nuit mouvementée ?

Il est maintenant plus rouge qu'une canneberge.

– Tu connais la sexualité tantrique ?

– Louis, petit coquin…

– J'ai été initié hier. Par une déesse. Vraiment. Je ne comprends pas comment je pouvais faire l'amour avant. L'éjaculation, ça dévitalise complètement. Avec la sexualité tantrique, je me sens totalement régénéré. En connexion avec les anges.

– Louis…

– Cette fille-là va changer ma vie. Ça faisait quelques mois que je sentais que quelque chose de grand allait se produire. Je me préparais pour ça. J'avais déjà commencé à purifier mon corps en éliminant la cuisson de la nourriture. D'ailleurs, je vends mon four. Ça t'intéresse ?

– T'es dingue ou quoi ? C'est quoi la prochaine étape ? Tu vas accueillir les extraterrestres ?

– Martine, je ne te parle pas d'une vulgaire secte. Je te parle de bouleverser profondément mon existence pour entrer en lien avec la Terre, les âmes, la vie. L'amour, c'est la source de tout.

– C'est source de dégâts, oui.

– Regardez qui parle. L'experte en relations amoureuses, je parie ? Tes relations ne durent jamais plus de trois mois.

– T'as raison. Mais moi, je ne commence pas chaque mot avec une majuscule. La Table de Massage, Les Serviettes, La Couverture sur la Table de Massage.

Je me mets à nommer chaque objet autour de moi de façon exagérée. C'est vrai, cela m'a toujours agacé, cette manière de désigner certains éléments avec une lettre majuscule. Après Dieu, il y a maintenant la Terre, le Soleil, l'Énergie, l'Univers. Ce qui faisait que je m'entendais bien avec Louis, c'est que j'avais l'impression qu'il pouvait quand même vivre sa vie concrètement, avoir un compte bancaire et déboucher ses toilettes. Je ne voulais pas le blesser, mais dès qu'il a vu que je n'avais pas l'intention d'arrêter mon petit jeu, il est sorti de ma cabine. J'étais rendu à quatre pattes sur le Plancher Sale Taché de Traces Célestes d'Huile. Je n'ai pas eu le temps de voir son visage.

• • •

– Défonce-moi.

– Je vais faire mon possible, madame.

Ma dernière cliente de la journée est une haltérophile rousse aux larges épaules. On lui a refilé un peignoir trop petit qui ne referme pas complètement. Plusieurs personnes ont cette fâcheuse manie de me confondre avec un marteau piqueur.

Les muscles de son dos sont gonflés. J'essaie de les pétrir pour les réchauffer, mais ils rebondissent sous mes doigts. La peau a la texture du tofu. Il n'y a pas grand-chose à faire avec ça. Elle n'avait pas complètement tort. Rien ne l'atteindra. Sauf la douleur.

Je plante mon coude entre son omoplate et sa colonne vertébrale. J'entends un petit gémissement sous la table.

– Tout va bien ?

– Défonce-moi.

Je me laisse aller de tout mon poids.

Ce qu'il y a de bien, avec ce type de manœuvres, c'est qu'elles me laissent le temps de réfléchir. Je dépose mon menton dans le creux de ma main. De temps en temps, je trace de petits cercles avec mon coude.

J'ai essayé tout à l'heure d'aller m'excuser auprès de Louis, mais il s'était barricadé dans sa cabine. Renonçant à cogner, je me suis rendue dans la salle d'attente pour voir si mon premier client de la journée était arrivé. Rien. La salle était vide. Je me suis assise devant l'ordinateur pour vérifier si ce client n'avait pas annulé. Les annulations sont le cauchemar des employés à commission.

J'en ai profité pour cliquer sur le répertoire alphabétique et repérer le nom de Philippe Béliveau. J'ai noté son numéro de téléphone sur le revers d'un bilan de santé. J'ai aussi pris son adresse. Tant qu'à y être, j'ai transcrit son numéro de carte de crédit.

Je n'ai pas envie d'aider Lisette. Mais tout comme elle, j'aurais envie d'en savoir plus sur Philippe. Je n'ai pas eu de ses nouvelles depuis un mois. J'ai relu mille fois les deux vers qu'il m'a écrits. Le papier froissé a commencé à se désintégrer.

J'ai fait des recherches dans Internet pour savoir où se trouve le Pays basque. J'ai trouvé une grande quantité de sites Web avec des photos de vieillards édentés portant le béret. Je me suis renseignée sur la pelote, le sport national. Il s'agit d'une sorte de jeu de paume où les participants, vêtus de blanc, s'échangent la balle en la lançant sur un mur. J'en ai conclu qu'il s'agissait d'une version ancienne du *squash*, mais en mille fois plus dangereuse. J'ai passé le temps qu'il me restait avant mon deuxième client à lire des proverbes populaires du XIXe siècle. Mon préféré était sans conteste : *Guiça ustea guztia ustel* – c'est-à-dire «Les espérances des hommes sont toutes pourries.» Je me suis mise à envier le destin de Lisette et Philippe. Tout cela m'est apparu si excitant. Pendant quelques minutes, je me suis surprise à rêver que j'étais une bergère ramenant son troupeau à la fin d'une longue journée passée dans les montagnes. Je me suis imaginée en train de concocter un fromage délicieux à base de lait de brebis. Louis, surgi d'on ne sait où, s'extasiait devant ce produit artisanal, beaucoup plus digeste que ceux fabriqués à partir de lait de vache.

J'ai fermé l'ordinateur en méprisant mes origines banales et sans surprise. L'attitude de Philippe me semble de plus en plus ridicule. Je suis prête à admettre qu'il doit être difficile de grandir avec des doutes sur son origine, mais il ne peut pas punir sa mère comme ça sous prétexte qu'elle a eu une petite aventure de rien du tout. Il faut replacer les choses dans leur contexte. Lisette a été contrainte d'épouser Hubert, son premier prétendant. Si j'avais marié mon premier amoureux, je vivrais à la campagne avec un ancien adepte du *skateboard.*

Ma cliente expire bruyamment. Sous mon coude, j'entends ses tensions claquer et craquer comme des céréales. Elle gémit à la fois de plaisir et de douleur.

* * *

Je regarde par la fenêtre. Ce matin, la fille à la radio annonçait de la neige. Pas de la grosse lourde qui est du genre à rester, mais plutôt une toute légère, mêlée de pluie, qui fait juste déprimer tout le monde. Je n'ai pas besoin de la température pour avoir envie de pleurer. La vitre est très froide et appuyer mon front dessus me fait du bien. Derrière moi, mon appartement aurait besoin que je m'occupe de lui.

Je ne travaille pas aujourd'hui. Si je le veux, je peux regarder par la fenêtre toute la journée. Mon voisin, un ancien toxicomane dont les furieuses soirées de débauche lui ont laissé de multiples séquelles au système moteur, est en train de chasser tous les chats de gouttière qui rôdent dans la ruelle. Ceux-ci se sont reproduits à la vitesse de la lumière et maintenant, ils pissent partout. Je reste un petit moment à fixer mon voisin qui a du mal à coordonner ses bras, ses jambes et son balai. Je ne suis pas capable de m'éloigner de la fraîcheur de la fenêtre. Elle me fait du bien. C'est comme boire un verre d'eau.

Je n'ai pas bien dormi la nuit dernière. J'ai à peine fermé l'œil. J'avais bu. Et je n'étais pas seule. Je n'étais pas chez moi non plus. J'ai beaucoup de difficulté à trouver le sommeil sur un autre matelas que le mien. Je suis partie de chez lui à six heures du matin. Le soleil n'était même pas levé. J'ai pris le métro avec une quantité phénoménale de travailleurs. Quand je me suis retrouvée dans la rue, j'ai couru jusque chez moi, les bras ouverts, la gueule ouverte, comme une folle. Je suis passée entre les chats de gouttière qui n'ont même pas jugé bon de m'accorder un regard.

En sortant du spa hier, j'ai croisé Yannick sur le chemin du retour. Je remontais la rue quand je l'ai vu marcher à quatre mètres derrière moi. Il devait sortir du métro lui aussi. On était peut-être dans le même wagon. Il gardait sa tête baissée à cause du vent. J'ai figé. Je ne saurai jamais s'il m'a aperçue, s'il a reconnu mon visage ou mon dos. Je me suis remise à marcher comme s'il y avait le feu. Si je n'avais pas autant détesté ça, je me serais mise à courir. J'ai monté les marches deux par deux et ma main tenant ma clé tremblait lorsque j'ai inséré cette dernière dans la serrure. Et quand j'ai refermé la porte derrière moi, je me suis sentie si triste. J'ai jeté un œil dans le miroir suspendu dans l'entrée et j'y ai vu une jeune femme essoufflée avec trop de couches de vêtements sur le dos. J'ai enlevé mes deux manteaux, mon bonnet, mon écharpe, mes petits gants noirs de coton. J'ai essayé sans succès de trouver un crochet libre pour chaque élément. J'ai regardé autour de moi: mon lit défait, ma commode avec ses tiroirs mal fermés, les vêtements sales traînant sur le sol, les boules de poussière amassées dans les coins, les rideaux fermés. Seule la pluie a pu m'empêcher de me sauver en courant.

J'ai pris mon courage à deux mains et je suis ressortie le soir même. La pluie avait cessé, mais un froid mordant obligeait tous les muscles de mon corps à se contracter. Je suis allée dans le même bar où j'avais rencontré Yannick l'hiver dernier. J'ai pensé aller ailleurs, j'ai voulu aller ailleurs. Mais je me suis dit que ça allait être une sorte de pèlerinage, une façon d'exorciser mes démons. J'ai commandé une bière au bar.

– Salut.

– Salut.

– Ça va ?

– Ça va.

– T''es sûre ? Tu n'as pas l'air bien…

De quoi je me mêle, gros crétin ?

– Une dure journée, mais ça va, merci.

– Ah oui ? Tu fais quoi, dans la vie ?

– Je suis massothérapeute.

– T''es masseuse ?

Les événements de la vie se répètent de façon lamentable.

– Excuse-moi. Massothérapeute, je veux dire. Je ne sais pas pourquoi j'ai fait cette erreur de con là. Excuse-moi.

Pour se faire pardonner son erreur de vocabulaire, il m'a payé une autre bière. Je ne lui ai pas dit qu'il me faudrait beaucoup plus que ça pour me ramener à la vie. Je l'ai pris par le bras quand j'ai entendu une chanson qui me plaisait. Je l'ai laissé mettre ses mains autour de ma taille. Je l'ai laissé me regarder. Il a cherché à en savoir plus sur mes intérêts, mes goûts, mes habitudes. J'ai répondu ce que je croyais qu'il voulait entendre. Et comme je maîtrise bien mieux l'art de poser des questions, j'ai fini par prendre le contrôle de la conversation. À trois heures du matin, j'étais vidée, mais je l'ai suivi chez lui. Géographiquement parlant, il aurait été plus logique qu'il vienne chez moi. Cela nous aurait évité de prendre un taxi. Mais je n'invite pas les gens chez moi.

Il s'est jeté sur moi avec avidité. Je l'ai laissé me déshabiller. J'aurais voulu me perdre dans le sexe et me laisser émerveiller par les capacités d'une langue, mais en mettant mes bras autour de lui, j'ai su que cela me serait impossible. En se posant sur son dos, mes doigts ont instinctivement vérifié l'alignement des apophyses postérieures de ses vertèbres. J'ai su tout de suite que je n'y arriverais pas. Je ne peux pas m'abandonner avec un corps dont je connais le nom des membres en latin. Malgré tout, je suis restée jusqu'à la fin.

– Je pense que je vais partir.

– Tu peux rester.

– C'est mieux si je pars.

– Comme tu voudras.

Je me suis douchée en arrivant chez moi, j'ai dormi quelques heures. Je me suis fait réveiller par un mal de tête. Maintenant, je trace, avec mon index, des dessins sur la vitre, là où ma respiration a laissé un peu de buée. Le voisin a arrêté de chasser les chats et s'en prend maintenant aux écureuils.

Je me résigne à m'éloigner de la fenêtre pour m'allonger sur le futon devant la télé éteinte. Les nombreux livres que Louis m'a prêtés et que je n'ai pas lus reposent sur la table sous mes pieds. Même si je ne les ai pas ouverts, je sais qu'ils me promettent tous une révélation. Cela peut être tentant.

J'ai toujours rêvé d'être illuminée. Par n'importe quoi, mais je préférerais que ce soit par la grâce. J'aimerais qu'un jour, ça m'arrive. Je serais à l'épicerie ou ailleurs et tout d'un coup, je serais envahie par une grande chaleur, je verrais peut-être des étoiles ou j'entendrais des voix, mais ce qui compte, c'est qu'après cette expérience, j'aurais compris quelque chose. Un concept très compliqué. Une vérité absolue. J'aurais une réponse. Et la façon dont elle m'aurait été livrée aurait été tellement forte et envahissante que je ne pourrais en aucun cas la remettre en question.

Et après, ma vie serait différente. Différente pour le mieux, évidemment. Elle serait plus facile et tout s'expliquerait de façon limpide. C'est toujours comme ça après les révélations. On n'a jamais entendu parler de quelqu'un qui en a vécu une et pour qui la vie est devenue plus complexe et emmerdante. Non, ce n'est jamais arrivé.

Je pourrais aussi me contenter d'une semi-révélation. Quelque chose de plus banal, sans chaleur ou étoiles, mettons. Certains affirment que lorsqu'ils ont fait la connaissance de la personne qui partage leur vie maintenant, ils ont tout de suite su et senti que c'était la bonne. Ils n'avaient plus de doute. C'est ce que j'appelle une semi-révélation. Pas de quoi recevoir le prix Nobel ou écrire une thèse métaphysique allant révolutionner le monde, mais une certitude rassurante. Une expérience corporelle qui va au-delà des mots.

Je suis jalouse de ces gens-là. Et en même temps, je les hais. Je hais la façon dont ils ont empoisonné le monde avec la certitude de leur semi-révélation. À présent, il est normal de dire que lorsqu'on rencontre l'amour de sa vie, on le sait. On le sent. Quand on visite une maison, on le sait si on va être heureux dedans. On le sent. Les gagnants au loto le sentent en choisissant leurs numéros. On finit par croire que tous ceux qui se trompent sont des épais qui ne sentent rien. Suis-je la seule qui ne sent rien ? Je ne l'ai pas senti quand j'ai sonné à la porte de Yannick ce jour-là en allant chercher mon vélo. Mais j'ai beaucoup *senti* après.

Une fois le coup parti. Une fois le rouleau com-presseur passé sur tout ce qui restait de vivant en moi.

Article 13

Le membre ne peut établir de liens intimes ou amoureux [...].

La réceptionniste me saute dessus en agitant un papier. J'enlève mes écouteurs en lui mimant que je ne comprends pas un mot de ce qu'elle raconte. Elle s'impatiente pendant que je m'emmêle dans le fil, coincé entre mon foulard et le col de mon manteau.

– Qu'est-ce qu'il y a ?

– Je viens de recevoir l'appel d'une cliente. Tu l'as massée et elle se plaint de douleurs inhabituelles.

– Quand ? Je ne travaillais même pas hier.

– Je ne sais pas quand. Mais elle a vraiment mal. Arrange-toi pour la rassurer et faire en sorte que ça ne nous retombe pas sur le dos. Tiens, son numéro de téléphone.

Elle retourne derrière son comptoir, non sans m'avoir lancé un regard méprisant, comme si j'étais une dangereuse criminelle coupable de voie de fait. Évidemment, elle va ouvrir sa grande gueule et tout dire à la direction. Je vais me faire convoquer une fois de plus dans le bureau du patron. Depuis qu'un collègue masculin a risqué des poursuites judiciaires parce qu'il avait massé une jeune femme enceinte de moins de trois mois qui a fait une fausse couche par la suite, ils ont peur comme la peste des éclaboussures.

Je n'avais vraiment pas besoin de ça aujourd'hui. Il est normal d'être courbaturé le lendemain d'un massage particulièrement vigoureux. Mais une autre douleur plus intense est rarement la conséquence d'un massage, aussi profond fût-il. Après tout, mon champ d'action se limite aux tissus mous.

Le papier dans les mains, je passe devant le bureau de la réception en direction des cabines de soins. Je ne prends même pas le temps de m'arrêter dans la mienne pour y déposer mes affaires. Je décide d'en finir le plus vite possible avec cet appel avant que la situation dégénère. J'inspire profondément avant de m'emparer du combiné. Dans l'état où je me trouve, je pourrais bien aggraver mon cas en insultant l'espèce de folle qui veut me faire porter la culpabilité de sa mauvaise posture quotidienne au bureau. Ça fait vingt-cinq ans que tu te tiens tout croche ? C'est normal que ça fasse mal !

Inspire. Expire. Inspire. Expire.

– Martine ! Quelle joie de t'entendre !

– Lisette. Comment pouvez-vous vous plaindre de quoi que ce soit quand je ne vous ai même pas touchée ?

– Je suis désolée. Je voulais absolument que tu me rappelles le plus vite possible. J'espère que je ne t'ai pas mise dans l'embarras. Si c'est le cas, ne t'inquiète pas, je vais rappeler pour m'excuser et dire à tes patrons que tu es la meilleure massothérapeute au monde.

– N'en mettez pas trop, quand même.

– La meilleure en ville d'abord.

– C'est déjà mieux. Qu'est-ce que vous voulez ?

– Je voulais savoir si tu avais réfléchi à notre conversation.

– Je pensais avoir été claire. Je vais vous en parler lors de notre prochain rendez-vous.

– Je n'ai pas le temps d'attendre. Je suis sûre que ta décision est prise de toute façon. Je ne te demande rien du tout, pas besoin de réfléchir deux semaines là-dessus.

– Vous me demandez de briser le secret professionnel.

– Te voilà pleine de scrupules maintenant. Je pense que c'était à toi, en tant que thérapeute, de mettre un terme à nos rencontres en premier lieu. Boire de l'alcool ne doit pas faire partie de ta définition de tâches non plus. Ne commence pas à jouer les saintes nitouches. Ça ne te va pas bien.

– Pourquoi est-ce que je vous aiderais ?

– Prends-le comme une bonne action.

– Vous allez être déçue. Je ne sais rien de lui et en plus, je ne sais pas quand il va revenir au spa.

– C'est mon fils. Je ne l'ai pas vu depuis dix ans. Tout ce que tu peux me dire me sera extrêmement précieux.

– Si je le fais, je dis bien si, je ne veux pas qu'il sache que ça vient de moi.

– Bien sûr que non. Tu peux compter sur ma discrétion. Je serai muette comme une tombe. De toute façon, je n'ai pas d'amis. À qui tu veux que je répète ça ?

– À vos enfants.

– Jamais de la vie ! Ils ne sont pas au courant pour Gaizko et ça aussi, je vais l'emporter dans ma tombe.

Je ne sais pas ce que cette femme vient toucher en moi. D'une part, elle me fait hurler intérieurement. Elle me manipule sans vergogne. Cela n'a rien à voir avec moi ou ma prétendue gentillesse. Je suis la malchanceuse qui s'est retrouvée avec Philippe le jour où elle l'a aperçu. En même temps, le désespoir de Lisette m'attendrit. Je ne sais pas ce que c'est de vieillir. Je ne sais pas ce que c'est de se réveiller un matin et de constater que son corps n'a plus rien à voir avec celui qu'on a toujours connu. Que bêtement, il nous lâche. Qu'à cause de lui, les autres se mettent à nous parler comme à des enfants. Qu'il n'est plus possible de courir après l'autobus même si l'on sait qu'il ne s'arrêtera pas, mais juste pour donner des remords de conscience au chauffeur. Parfois, je regarde derrière moi et je vois une quantité phénoménale d'erreurs et de conneries. Je ne peux pas imaginer ce que ce sera dans quarante ans. J'aurai peut-être besoin, moi aussi, d'un petit coup de main.

– O.K., Lisette. Je vais le faire. Mais je ne peux rien vous garantir.

– Merci. Tu ne le regretteras pas. Ne me laisse pas tomber, Martine. J'ai établi une relation très privilégiée avec une certaine jeune femme à la réception. Ça n'a pas été difficile de deviner que vous n'êtes pas les meilleures amies du monde.

– Vous me faites des menaces ?

– Non. Je ne peux pas faire grand-chose contre toi, mais je peux te rendre la vie juste un peu plus difficile.

– Ne vous inquiétez pas pour ça, Lisette. C'est déjà fait.

• • •

Un oiseau de papier. Il y a un oiseau de papier déposé sur ma table de massage. Assez petit, pas plus gros qu'une pièce de deux dollars ; sa blancheur ressort sur la couverture chocolat. Ça vient de Philippe. Je ne l'ai pas encore touché et pourtant,

je suis sûre que ça vient de lui. Ce n'est certainement pas le Mexicain, préposé à l'entretien et payé
au noir qui s'amuse à faire de l'origami pendant la
nuit. Ça ressemble à un cygne. Ça pourrait aussi
faire penser à une poule, mais je préfère que ça
ressemble à un cygne. Je déballe fébrilement le
volatile de papier.

> *Deux ailes brisées*
> *Un crâne fracassé*
> *Des pétales qui meurent*
> *De ne pas avoir fleuri*
> *Une vie à genoux*
> *Perdue dans les montagnes*
> *Un corbeau s'est crevé les yeux*
> *De ne pas savoir voler*
> *Un crâne à zéro*
> *Le cœur comme une arme*
> *Ouvrir les yeux*
> *Et jamais ne rien de rien voir*
> *Je nage jusqu'à toi.*
> *Je serai là.*
> *Lève les yeux en sortant ce soir.*
> *P.*

Je ne pouvais quand même pas m'attendre à ce
qu'il s'exprime aussi clairement qu'une posologie.
Mais il aurait pu faire un effort. Est-ce un rendez-vous,

oui ou merde ? Et ce soir en plus ? Après ma journée de travail ? Même si l'idée de revoir Philippe me plaît au plus haut point, je suis frustrée à l'idée de devoir le faire dans mes habits peu seyants de massothérapeute : pantalon de lycra, t-shirt uni et baskets informes. Avoir eu l'information à l'avance, j'aurais pu m'arranger en conséquence. Pourquoi ne pas avoir fixé le rendez-vous samedi prochain, comme tous les êtres humains normaux ?

L'oiseau au creux de la main, je fonce à la réception. Je suis accueillie par mon *bulldog* préféré.

– Martine.

– Je me demandais, as-tu vu quelqu'un entrer dans les cabines de massage ?

– J'ai vu beaucoup de monde entrer dans les cabines de massage…

– Non, je veux dire, pas un employé. Un client, mais un client sans rendez-vous. Quelqu'un qui serait juste entré dans le spa quelques minutes. Puis qui serait ressorti. Un peu louche, peut-être.

– Tu t'es fait voler quelque chose ?

– Non, mais t'as vu quelqu'un ou pas ? Un homme, je pense bien. Grand, les cheveux clairs…

– Pourquoi ?

– Pour rien. Je veux juste savoir si tu l'as vu…

– Pourquoi, pour rien ?

L'envie me prend de l'assommer avec le presse-papier.

– Pour rien pour rien. T'as vu un homme faire ça ? Oui ou non ?

– C'est sûrement un collègue qui a pris tes disques, Martine. Faut pas virer folle avec ça. Le matériel ne t'appartient pas de toute façon. C'est la propriété du spa.

– T'as vu quelqu'un ? Oui ou non ?

– Non.

Je retourne dans ma cabine pour chercher un autre indice comme un deuxième oiseau avec un message plus explicite, mais rien d'autre ne me semble sortir de l'ordinaire. Je m'assois sur la table pour relire une fois de plus cette étrange missive. Les deux premiers vers sont agressifs. *Je nage jusqu'à toi.* J'avais raison, on parle bien ici d'un cygne et non d'une poule. Les poules ne savent pas nager. Elles ne savent pas voler non plus. Mais que savent-elles faire à part pondre des œufs ? Pauvres poules, elles sont limitées, alors que les canards peuvent accomplir ces trois actions. Quoique pondre des œufs, c'est quand même déjà pas mal. C'est une action concrète et nourrissante. À la limite, les poules sont plus utiles à la société que moi.

Je cache délicatement l'oiseau dans mon portefeuille. Je me doute déjà que la journée va être longue, mais jamais je n'aurais cru qu'elle soit longue à ce point. Plus elle avance et plus j'angoisse. Plus les heures défilent et plus je tape sur les nerfs de l'ensemble des salariés présents. Louis est absent pour la première fois de sa vie. Il a téléphoné ce matin en catastrophe pour dire qu'il était malade. Je ne prends pas la peine de remplir ne serait-ce qu'un seul bilan de santé. Je ne suis même pas sûre de prendre la peine d'écouter mes clients, point.

– Ne touche pas à mes cheveux. Je sors après.

– Mon ancienne *masso* a eu un bébé. Elle est déménagée en banlieue. C'est trop loin pour moi. Mais elle était tellement bonne, tellement fine. Elle me faisait tellement de bien. Elle me manque tellement. Je ne sais pas ce qu'elle faisait, mais c'était tellement bon. J'étais tellement détendue. Elle venait me chercher comme personne. C'était magique avec elle. J'ai hâte de t'essayer en tout cas.

– C'est mon dentiste qui m'a recommandé de venir au spa.

– Toi, ton amoureux est chanceux. Masser de même…

Dans les années 1950, les hommes rêvaient d'un cordon-bleu en guise d'épouse. Depuis l'apparition des repas congelés et des appareils électroniques, ils ont remplacé ce fantasme par une massothérapeute attentionnée. Tu penses vraiment que j'ai envie de masser quelqu'un après une journée de huit heures? Les massothérapeutes font comme tout le monde après le travail, ils s'écrasent devant la télé.

Tout en faisant le ménage dans ma cabine après le départ de ma dernière cliente, je répète mon mantra préféré avant une soirée romantique : « Faites qu'il soit équilibré psychologiquement. Faites qu'il soit équilibré psychologiquement. Faites qu'il soit équilibré psychologiquement. » Vu la façon dont Philippe s'y est pris pour entrer en contact avec moi, je vais avoir besoin de toutes les ressources possibles. « Univers. Grand Univers. Je suis une amie de Louis et faites que Philippe soit équilibré psychologiquement. Merci. »

Il est sept heures. Je jette un coup d'œil dans le miroir avant de franchir la porte d'entrée du spa. Une collègue esthéticienne aux sourcils épilés m'a maquillée. « Je vais te faire des yeux super *glamour.* » J'ai dû lui arracher le fard à paupières turquoise. « Tu sais, nous, les *massos,* on est très nature, on mange des noix, ce genre de choses, prends donc du beige. »

– Martine !

Le ton de voix est toujours aussi mélodieux.

– Quoi ?

– Je voulais juste t'avertir que la situation est réglée avec la cliente de ce matin. Elle était très contente que tu lui parles au téléphone.

Lisette. Après avoir découvert le message de Philippe, j'ai oublié ma mission absurde avec sa mère. J'ai acquiescé à sa demande pour me débarrasser d'elle. Et maintenant, je m'en vais rencontrer son fils sans lui dire que je connais une partie de son passé? Si je ne révèle rien à Philippe, je lui mens, tout simplement. Par contre, je ne peux pas garantir le succès de notre rendez-vous si j'admets avoir accepté de jouer les espionnes pour la personne qu'il hait peut-être le plus au monde. Je déteste cette situation. Je déteste Philippe parce qu'il ne parle plus à sa mère. Je déteste Lisette parce que c'est une femme adultère obstinée. Et je me déteste, moi, parce que j'ai accédé avec mollesse à sa requête. Et par-dessus tout, je déteste la réceptionniste qui est venue me rappeler que je déteste tout le monde.

Je jette un autre coup d'œil dans le miroir. Je décide de ne rien faire pour le moment. Je ne dis rien à Philippe. Je prends soin d'éviter tout ce qui peut se rapporter de près ou de loin à l'enfance et au Pays basque. Et s'il le faut, j'inventerai ensuite tout un tas de mensonges à Lisette. C'est réglé. Je me souris pour me redonner confiance.

Je dépose ma main sur la poignée. Avant d'ouvrir la porte, je me dis de regarder le ciel.

• • •

Je regarde le ciel comme convenu, mais cela me fait manquer la petite marche de béton au pied de la porte. Je m'étale donc de tout mon long sur le trottoir. Je risque un petit coup d'œil à travers les cheveux retombés sur mon visage. Si ça se trouve, Philippe n'est même pas là. Je me redresse lentement. En déposant mon pied droit sur le sol, une violente douleur, comme un courant électrique, traverse ma cheville et monte jusqu'à mon genou.

– Tiens, je vais t'aider. Ça va, tu ne t'es pas fait mal ?

– Non, ça va.

Il est là. Philippe s'avance vers moi le bras tendu. Je m'appuie sur la laine un peu rugueuse de sa manche. De minces filets de fumée sortent de nos bouches.

– Quand j'ai écrit *lève les yeux*, je pensais surtout au fait que je suis plutôt grand et que tu es toute petite. Je ne voulais pas que tu passes à côté de moi.

Je me retiens de lui répondre que c'est ce qui arrive lorsqu'on ne communique pas clairement. Il y a quelqu'un qui se blesse et pour son information, j'en ai plus qu'assez que ce soit moi !

– Ça va. Ne t'inquiète pas.

On reste plantés là comme deux cons. Les piétons nous contournent sur le trottoir.

– Je suis venu te raccompagner.

– Ah bon.

– Tu rentres chez toi ?

– Oui.

– Je peux te raccompagner ?

À travers la vitrine, la réceptionniste nous observe. J'entraîne Philippe en lui tirant le bras. Théoriquement, il est préférable de ne pas rencontrer ses clients en dehors du spa. Ma cheville me fait atrocement souffrir. Je me retiens pour ne pas grimacer.

– T'es certaine que tu es capable de marcher ?

– Pas de problème.

– C'est toi l'experte en la matière, mais il me semble que tu devrais appliquer de la glace le plus vite possible.

Nous marchons côte à côte en tentant de coordonner nos pas. Ses jambes sont beaucoup plus longues que les miennes. Les gens autour de nous semblent évoluer dans un univers totalement différent du nôtre. Je suis sensible à tout ce qui se passe dans l'espace occupé par nos deux corps. Son biceps qui se contracte imperceptiblement sous l'étoffe du manteau, ses cils qui clignent rapidement pour empêcher une poussière invisible de tomber dans ses yeux, la salive avalée la bouche fermée, le vent gelant le bout de mes oreilles. Je peux sentir chaque minuscule perturbation comme de petits tremblements de terre silencieux. Je lève les yeux pour voir son visage éclairé par les couleurs des néons. Il a le rouge de l'enseigne quatre-vingt-dix-neuf cents d'une pizzeria qui clignote sur son sourire.

– Toi, ça va? T'as passé une bonne journée? Pas trop de stress au travail?

Je me tais avant de lui demander s'il ressent de la tension au niveau des trapèzes. Philippe se contente de hocher la tête. Nous continuons jusqu'à la station de métro. Nous ratons le train tandis que j'essaie de descendre les escaliers avec un seul pied.

– C'est bien que tu sois là finalement.

Son silence m'exaspère et me fascine à la fois. Il s'inquiète surtout de mon confort et notre maigre conversation tourne autour de ma cheville blessée. Je ne sais pas ce que nous aurions fait sans elle. Il précise qu'il s'est déjà cassé le poignet vers l'âge de quatre ans en tombant de sa bicyclette. Et qu'il a déjà porté un plâtre à cause d'une vilaine chute en ski. Quant à moi, je n'ai jamais rien eu. J'ai toujours été solide comme le roc. J'ai déboulé des escaliers, échappé des objets lourds, joué avec le feu, manipulé des bouteilles de vin mousseux à cinq centimètres de mon visage et je m'en suis toujours tirée sans une égratignure.

Nous marchons une vingtaine de minutes avant d'apercevoir mon appartement. Je n'ai pas envie que cette étrange balade se termine. Mais je sens ma cheville enfler dans ma botte. Elle est probablement devenue bleue.

– Tu veux monter?

Ma question provoque en moi une sorte de griserie. L'inviter chez moi me semble un acte délicieusement dangereux. Je dois être affectée par l'endorphine sécrétée pour soulager ma foulure. Une fois à l'intérieur, je le plante là tandis qu'il essaie d'accrocher son manteau sur l'un de mes crochets déjà surchargés et je fonce dans mon appartement pour faire une rapide inspection des lieux. Je ramasse au passage deux culottes et un soutien-gorge. Je fais de la place sur la table à café. Je cache tous les livres de ressourcement personnel que Louis m'a prêtés et je mets dans ma poche son premier message encore collé sur la porte de mon réfrigérateur.

— J'ai de la bière ou de la tisane.

— Je suis désolé de m'imposer comme ça. Quand je t'ai donné le message sur les oiseaux, la dernière fois, je me suis trouvé vraiment con en partant du spa. J'avais envie de te revoir. Tu me plais. Enfin. Je ne sais pas. Je trouve que tes mains vont bien sur moi.

J'aimerais ignorer son dernier commentaire, mais ce n'est pas la première fois que je l'entends celle-là. Certains clients ont l'impression de développer avec moi une relation exceptionnelle. En leur présence, je suis souriante, accueillante, gentille, posée, attentive. Je les touche, je m'inquiète d'eux, je leur pose des questions sur leur santé, je ris de leurs blagues. Ils voient en moi la copine idéale. Ils ne savent pas que je suis irascible, défaitiste et paresseuse. Qu'à la fin d'une journée, je suis crevée de leurs ennuis et de leurs maux de dos. Ils oublient qu'ils me paient.

Je souris à Philippe. Je ne pense pas qu'il s'intéresse vraiment à moi. Mais puisqu'il est là, dans mon salon, je suis prête à faire semblant. Affamée, je réchauffe un restant de pizza de la veille dans le four. Je lui plante une bière entre les mains et le laisse se débrouiller pour faire de l'espace sur le futon. Tout en étalant quelques couvertures, il me complimente sur le caractère chaleureux de mon trois et demi. Je crains qu'il ne confonde désordre avec chaleur. Je n'ai jamais eu d'intérêts pour la décoration intérieure. Je n'ai jamais accroché un cadre. Mes meubles dépareillés, dénichés un peu partout, me rassurent. Mais ils me rappellent cruellement que je ne suis plus une adolescente. Je m'installe à côté de Philippe sur le futon ; j'ai déniché un sac de légumes congelés pour ma cheville. Elle est rouge et a doublé de volume. Le froid me mord comme une brûlure. J'essaie tant bien que mal de maintenir le sac en équilibre.

– Allonge ta jambe ici.

Philippe s'empare de mon pied et le dépose sur sa cuisse.

– Tu vas être mieux comme ça.

– Ce n'est pas trop lourd ?

– Tu veux rire. Ça pèse une plume. Attends, je vais t'aider à t'installer.

Il prend un coussin et se penche vers moi pour le mettre sous mes reins. Son visage est soudainement très proche du mien. Je suis obligée de me laisser faire pendant qu'il cale le coussin avec sa main gauche. Sa droite tient fermement mon mollet. Pour l'aider dans sa démarche, j'arrête de respirer.

– Bon, t'es plus confortable ?

Quand il s'éloigne de moi, j'essaie de reconnaître Lisette à travers lui. Ils ne se ressemblent pas. Sa mère devait avoir les cheveux foncés ; ses yeux sont noirs et ses sourcils sont bruns. Alors que Philippe est plutôt pâle. Son regard oscille entre le bleu et le vert. Il me suggère d'avaler une rasade de vodka pour me détendre.

– C'est un vieux truc de notre bonne russe, Olga. Elle guérissait tout avec un peu de vodka. Elle nous en donnait en cachette de ma mère.

– Tu la vois encore ?

Ne sachant pas si je veux parler de madame Dubrovsky ou de Lisette, Philippe me lance un regard intrigué, mais poursuit sur sa lancée. Comme sa mère, parler de sa famille semble le plonger dans un monologue sans fin, bercé par l'écho de sa propre voix. Il décrit en détail les engueulades avec ses frères, la complicité avec sa sœur, le mutisme de son père, la générosité d'Olga et les psychoses de sa mère. Lisette pouvait avoir pour lui des élans d'affection soudains. Elle le rejetait ensuite tout aussi brutalement. Elle piquait des crises épouvantables que seule Olga pouvait calmer en la secouant comme un prunier. Philippe ne s'interrompt même pas en allant chercher ma pizza en train de brûler dans le four. «Assieds-toi. Je vais m'en occuper. J'ai beau avoir eu une bonne toute mon enfance, je sais comment sortir une pizza du four.» Tandis que je mastique la pâte calcinée et les poivrons durcis, il entreprend de me démontrer toute l'étendue des contradictions de Lisette. Elle corrigeait ses enfants quand ils manquaient de caractère et passait toutes ses matinées en robe de chambre et en pantoufles. Elle se plaignait constamment du caractère de son mari, alors qu'ils ne se voyaient pas de la journée et faisaient chambre à part. Dans la sienne, Lisette n'avait déposé qu'une seule photo encadrée sur sa table de chevet. C'était un portrait d'elle-même vers l'âge de quarante ans. Lisette se réveillait tous les matins avec son propre visage.

Philippe est intarissable. J'ai l'impression d'avoir ouvert la boîte de Pandore. Il s'est lancé dans une description exhaustive de la maison familiale. À l'entendre, il s'agissait presque d'un petit château. À la fenêtre de la tour apparaissait parfois le visage blafard de sa mère.

J'ai mangé toute la pizza du bout des lèvres en silence en n'échappant aucune miette. J'ai évité de faire des bruits disgracieux pour ne pas le déranger. Philippe ne se donne même plus la peine de me regarder pour s'assurer de mon intérêt. Pas une fois, il ne mentionne qu'il n'a pas parlé avec sa famille depuis des années. Gaizko aussi est inexistant. À l'écouter, ils forment un clan soudé, certes un peu dérangé, mais uni.

Je ne sais pas ce que je viens faire là-dedans. Pourquoi, en quelques semaines, je me suis retrouvée au centre d'une histoire familiale que j'ignorais jusqu'à présent. Il y a des jours que je n'ai pas parlé à mes propres parents, désespérément normaux. Je serais probablement ébranlée si ma mère me confiait l'existence d'un amant. Et pourtant, je ne peux m'empêcher d'être captivée par les histoires de Lisette et de Philippe. Leur vie pleine de mensonges, de rancœurs et de portes fermées. D'ailleurs, c'est Lisette qui sera contente d'entendre cela. Son fils me fixe un rendez-vous romantique et parle de sa propre mère toute la soirée.

– Je t'ennuie ?

– Bien sûr que non.

– À quoi tu pensais ?

– Rien.

– Et toi, quoi de neuf ?

Comment pourrais-je te confier quelque chose de nouveau alors que tu ne connais même pas le vieux ? Il me sourit. Il essaie maladroitement de faire un effort pour m'impliquer dans la conversation. Alors que je devrais exiger plus, je suis touchée par sa tentative. Les bougies que j'ai dénichées au fond d'un tiroir poussiéreux accomplissent bien leur travail d'adoucissement des angles. Philippe s'est teinté d'une belle couleur ambrée. Ses cils dorés paraissent sur le point de prendre en feu. Je dépose ma main sur sa nuque. Je n'ai rien à lui dire. Je n'ai rien à lui confier. Quand je fouille en moi, je ne vois qu'un grand vide sans contour. Je ne sais pas pourquoi il a tenu à me raccompagner. Je m'en fous. Je ne veux plus qu'il parle de sa famille. J'aimerais revenir au centre de son intérêt par le seul moyen que je connaisse. Je veux terminer ce que j'ai commencé il y a plusieurs semaines.

Quand je dépose ma main sur sa nuque, Philippe penche sa tête vers l'arrière en expirant, la bouche légèrement entrouverte, les yeux fermés. Je descends ma paume vers ses omoplates. Il ramène sa tête vers l'avant, le menton vers sa poitrine. De toute ma vie, je ne trouverai jamais les mots pour décrire cet instant privilégié où je touche quelqu'un pour la première fois. Ça ne dure que quelques secondes. Tout devient alors extrêmement clair. Mais rapidement, la sensation s'étiole et le toucher doit abandonner son monopole et redonner leurs droits aux autres sens. Je crois que j'en serai toujours réduite à rechercher ce moment unique et fugace. Philippe se retourne vers moi et je l'embrasse à pleine bouche, son visage entre mes mains. Ça goûte le fromage de chèvre qu'il y avait sur ma pizza.

Tout mon corps sort de sa torpeur, et mon cœur se met à battre plus rapidement. Que ça. Je n'attendais que ça depuis le début. En plus de l'excitation, je suis envahie par le soulagement. Comme si un poids terrible m'était enlevé des épaules. Comme la sensation de pouvoir enfin respirer profondément. Les petits pois sur ma cheville ont fini par fondre. Ils sont en train de former une grosse flaque d'eau sur mon pantalon. Ils finissent par se promener entre Philippe et moi, lequel s'arrête pour s'emparer du sac et le mettre dans le lavabo. Il revient vers moi et me tend la main pour m'aider à me relever.

J'arrive à me mettre sur pieds. Je peux très bien marcher, mais Philippe insiste pour me porter dans ses bras jusqu'à ma chambre. La première chose à laquelle je pense, c'est qu'il ne pourra pas mener à terme son opération et qu'on va s'écraser dans le couloir. Ses bras me paraissent tellement minces. Cette tentative de romantisme va tourner au ridicule. Mais Philippe persiste et passe un bras autour de ma taille, l'autre derrière mes genoux.

– Tu l'auras voulu. Mais ne viens pas me voir parce que t'as le dos barré demain matin. Si tu veux, je peux déjà te prêter un sac de petits pois.

– Arrête de dire n'importe quoi. Laisse-toi donc faire.

Mes pieds ne touchent plus terre et je me retrouve le nez dans son cou à respirer son odeur. Heureusement, il n'y a pas beaucoup de chemin à parcourir. Je me dis que j'aurais tort de ne pas profiter de ce moment au maximum. Combien de femmes regardent avec envie toutes ces héroïnes de films qui se font constamment porter à droite et à gauche ? Par contre, ce qu'on ne voit jamais dans les films et qui constitue le moment crucial de l'entreprise est l'atterrissage proprement dit. Philippe se penche vers mon lit, hésite à se mettre sur les genoux, mais ne voit pas trop comment il pourrait réussir autrement. Je me dirige vers le sol en brinquebalant. À mi-chemin, la gravité reprend ses droits et je m'écrase brusquement sur le matelas, tandis que mon chevalier servant évite de justesse de se faire arracher un bras.

Il serait raisonnable d'éclater de rire. Mais on est sérieux, on est grave en raison de notre désir qui nous sort de partout. Je l'attire à côté de moi. Je reconnais tout ce que j'ai touché en le massant. Un grain de beauté, une cicatrice. Les côtes, le creux sous son épine iliaque. J'ai l'impression d'aborder son corps dépouillé de son cadre officiel.

Ses gestes sont maladroits lorsqu'il m'enlève mon t-shirt. On se perd dans tout ce tissu. Les draps emmêlés entre ses jambes. Mes mains ne savent plus où donner de la tête.

• • •

– Mon Dieu, ça sent donc bien la sauce à spaghettis !

Je regarde la jeune esthéticienne en train de repasser ses frisettes avec un fer plat. C'est bête, je n'arrive pas à me souvenir de son nom. De la fumée sort de ses cheveux. Je suis occupée à remplir ma bouteille d'huile dans la cuisine réservée aux employés. Cette opération, en apparence simple, me demande dextérité et concentration. À la moindre inattention, d'épaisses coulisses huileuses menacent de souiller l'évier, le comptoir et mes vêtements. Mais ma collègue a raison. Il y a une odeur tenace d'herbe séchée semblant provenir de l'avant du bâtiment, près des cabines de soins.

– C'est vrai. Ça sent un peu les épices.

– Un peu ? T'as les narines bouchées parce que ça sent, c'est épouvantable !

Au même moment, une deuxième esthéticienne, celle qui m'a réveillée la dernière fois et dont le prénom finit par *a,* entre à toute vitesse sans m'apercevoir.

– C'est le *freak* de massothé…

En voyant son amie rouler de gros yeux dans ma direction, elle se retourne vers l'évier et s'interrompt en m'apercevant.

– Je veux dire l'autre, là, le massothérapeute, avec la queue-de-cheval, il est très gentil… Je ne me souviens plus de son nom…

– Tu veux parler de Louis, j'imagine.

– Oui ! C'est ça, Louis, là. Bien, il est en train de mettre le feu au spa ! Il n'est pas bien, c'te gars-là !

Le pire dans tout ça, c'est qu'elle pourrait avoir raison. La nouvelle amante de mon ami pourrait l'avoir convaincu de purifier son âme en marchant sur des braises. Je laisse tomber l'entonnoir graisseux, sors en vitesse de la cuisine et cours vers la cabine de massage de Louis. Je me demande si en cas extrême, je serais capable de défoncer moi-même la porte. Je devrai probablement demander l'aide de toutes les esthéticiennes de la place. J'imagine la dizaine de jeunes femmes aux cheveux teints en train de composer un bélier humain pour sauver le seul représentant mâle de toute la compagnie, peut-être en train de s'étouffer dans un incendie. C'est assez ironique pour quelqu'un ayant banni la cuisson de son mode de vie. En fouillant dans ma mémoire, je crois me souvenir de l'endroit où se trouve le seul extincteur du spa. J'élabore un plan d'urgence en décidant de ne pas cogner plus de deux fois avant de rentrer en action. Je frappe.

– Louis ?

– Oui ?

Il ouvre toute grande la porte. Il a l'air de bien se porter, il est étonnamment calme et à l'aise. Comme si il n'y avait pas le feu, comme si je n'étais pas venue lui sauver la vie. Je le pousse à l'intérieur et referme la porte.

– Espèce de malade mental ! Je pensais que t'étais en train de brûler. Chose est rentrée en panique dans la cuisine pour dire que tu mettais le feu au spa. Veux-tu me dire ce qui se passe ? Et ce que ça sent ?

Louis me regarde, l'air un peu interdit, cherchant à comprendre la raison de mon affolement. Il éclate de rire.

– Tu veux parler de Mélissa ? Elle panique pour rien. J'étais juste en train de procéder à un rituel autochtone de purification des lieux en brûlant de la sauge. Il n'y a rien là. Je le fais depuis dix ans. Même le patron est au courant. Il n'y a vraiment pas de quoi s'inquiéter ni devenir folle. D'ailleurs, ça ne m'étonne pas, vu la quantité de café qu'elle absorbe quotidiennement, Mélissa a de la difficulté avec son *Chi*. Il est totalement débalancé...

– C'est vrai, la sauge. J'aurais dû y penser avant…

Sans se soucier de ma présence, Louis continue de marcher autour de la table à massage dans le sens des aiguilles d'une montre.

– Louis, je voulais te dire… Je suis désolée pour mon petit numéro de la semaine dernière avec les majuscules et tout ça… C'était pour rire. Je ne voulais pas te blesser.

– Ça va. Je suis content que tu sois venue me voir.

Je n'ai jamais compris pourquoi les excuses, même quand elles sont faites dans les règles de l'art, provoquent un épouvantable malaise.

– Ça va toujours bien avec… Elle ?

– Elle s'appelle Akane. Ça veut dire «couleur du ciel à l'aube» en japonais.

– Ah oui ? Elle est japonaise ?

– Non. Elle a choisi un nouveau nom qui correspond mieux à son nouvel être.

– Ah… Est-ce trop demander de savoir l'ancien ?

– Oui.

– O.K.

Bon. Bon. Bon. Comment sortir de la pièce sans bousiller le rituel et répandre une flopée de mauvaises énergies ? Je décide de m'informer de sa santé comme il a toujours su le faire avec moi.

– Tu n'es pas rentré la semaine dernière, t'étais malade ? Tu sais comment les nouvelles vont vite.

Quelqu'un m'a dit que tu avais téléphoné le matin même. La réceptionniste était dans tous ses états. Fais attention, tu pourrais bientôt me ravir le titre de l'employé le plus détesté par la réception.

– Mettons que j'étais malade d'épuisement…

– Le tantrisme…

– Pas juste ça.

– C'est-à-dire…

– Écoute, Martine, je ne veux pas être blessant, mais j'aimerais ça terminer mon rituel avant mon premier rendez-vous.

– Oui, oui, pas de problème.

Ce n'est qu'en refermant derrière moi que je me rends compte qu'il vient de me foutre à la porte.

• • •

– J'ai eu un Crock Pot Noël dernier. Je ne sais pas trop quoi faire avec.

J'interromps le bilan de santé pour regarder la mijoteuse posée sur un chariot à côté de moi. De la vapeur s'échappe du couvercle mal fermé. J'y fais chauffer des pierres de basalte à une température de soixante degrés Celsius.

– Vous pouvez faire un bœuf bourguignon.

– Bonne idée.

– Donc. Je continue. La chaleur ne vous cause pas de problème ? Dans un sauna, par exemple ?

Les massages aux pierres chaudes sont très populaires une fois l'hiver installé. Les gens sont prêts à payer une fortune pour avoir quelques cailloux déposés sur leur colonne vertébrale. La plupart des publicités montrent des jeunes femmes à la peau exquise, recouvertes de pierres, les yeux clos, plongées dans une détente profonde. Les publicités omettent de préciser que les pierres en question sont si chaudes qu'il est impensable de les déposer directement sur l'épiderme. Ce serait comme se coucher sur les ronds allumés de la cuisinière. Cela dit, ce type de massage représente une excellente source de revenus pour le spa. Mon patron a donc frôlé la crise d'apoplexie l'année dernière lorsque notre premier Crock Pot a arrêté de fonctionner au beau milieu de janvier. Il s'est rendu en catastrophe dans une quincaillerie. Piètre cuisinier, il s'est procuré une friteuse. Il s'est mis en colère lorsque nous avons refusé de l'utiliser. Louis a dû lui expliquer calmement que nous ne faisions pas frire les pierres dans l'huile.

La cliente devant moi s'en balance que le massage aux pierres chaudes puise ses racines dans l'Ouest américain, chez les Navajos. Pour la punir, j'étire mon exposé au maximum. Je lui explique le déroulement de la séance dans les menus détails. Elle est sur le point de s'endormir sur sa chaise. Elle se réveille lorsque je mentionne les pierres semi-précieuses servant au rééquilibrage des chakras. À la fin du massage, je les dépose sur quatre des sept chakras. En fait, l'ensemble de pierres semi-précieuses venait gratuitement à l'achat de la cinquantaine de pierres de basalte. Même Louis n'est pas certain de leur authenticité. Sous l'insistance du patron, il a quand même élaboré une marche à suivre pour leur application.

– Lesquels ?

– Lesquels quoi ?

– Vous les déposez sur quels chakras exactement ?

Mais qu'est-ce que j'en sais, moi ? Depuis le temps, j'ai égaré l'aide-mémoire que Louis m'avait rédigé. Je reste posée et entreprends de démontrer ma science.

– Ici. Ici. Ici et ici.

– Et pourquoi ces quatre-là et pas les trois autres ?

– Ce sont les plus puissants.

– Pourquoi ?

– Ils sont très forts. Il est essentiel de rétablir l'harmonie énergétique entre eux.

– Évidemment. Celui sur le troisième œil, il sert à quoi ?

– À l'énergie.

– Vous utilisez quelles pierres ? J'en faisais la collection quand j'étais petite.

– Je ne peux pas vous le dire. Cela ruinerait leur pouvoir.

– Je peux les voir ?

– Non.

Autoritaire, je referme la porte derrière moi. J'expire un grand coup une fois dans le couloir. Un jour, je vais me faire démasquer. De toute façon, je ne pourrai pas travailler ici encore très longtemps. Pour gagner honorablement sa vie, un massothérapeute doit bâtir sa propre clientèle, devenir autonome. C'est un processus long et exigeant, mais très rentable au final. J'aurais dû depuis longtemps faire le saut et louer un local quelque part. Imprimer des cartes professionnelles, faire de la publicité, solliciter des clients. Rester positive, continuer ma formation, inciter les gens à revenir me voir pour un deuxième rendez-vous. Je ne devrais pas m'épuiser ainsi en donnant une grande partie de mon revenu à un patron. En général, masser des clients dans un spa est une solution temporaire. Si demain matin, je me fais une tendinite au poignet, je suis cuite. Chaque jour, une petite voix au fond de mon crâne me fait la morale et me supplie de prendre les choses en main, de passer au niveau supérieur. Mais je n'ai aucune ambition. Je n'ai pas envie de convaincre les gens de mon expertise, de mes connaissances, de mon talent. Je n'arriverais pas à me croire moi-même. Alors, je reste où je suis, chaque jour un peu plus déprimée. Je me vois sortir de cette cabine dans dix, vingt, trente ans. Entourée chaque fois d'esthéticiennes à l'aube de la vingtaine. J'écouterais avec un sourire bienveillant leurs histoires de débauche en tétant un lait de riz à la vanille enrichi de minéraux. J'essaierais de négocier des après-midi de congé pour aller faire traiter ma demi-douzaine de bursites en physiothérapie. J'entrevois mon existence comme une longue suite monotone de pétrissages. À cette idée, je suis prise d'un haut-le-cœur et je me mets légèrement à trembler. Mon avenir me fait manquer d'air. Je cours m'aérer par la fenêtre de la cuisine des employés. J'y trouve Louis en train de dormir sur le sofa renfoncé. Il a l'air crevé. Des larmes sèchent sur ses joues.

• • •

Mon collègue erre comme une âme en peine dans les couloirs du spa depuis une semaine. J'essaie de lui remonter le moral en lui apportant ses biscuits végétariens préférés. Mais même la caroube et la noix de coco ne suffisent pas à lui arracher un sourire ou une confidence. Il passe des heures dans le bain de vapeur à l'eucalyptus après ses quarts de travail. Je m'inquiète pour lui, mais je ne trouve pas le temps de lui parler. Nous ne faisons que nous croiser entre deux clients. L'achalandage des fêtes est commencé. Le spa est bondé. Les clientes se bousculent derrière les tables de manucures. Elles achètent des vernis colorés et des fards brillants.

Pour la première fois, j'ai envie de prendre part à leur bonheur. Je pense à Philippe. Quand je me suis réveillée le lendemain matin de notre rendez-vous, il était assis sur le bord du lit, en train de rédiger quelque chose sur un petit papier.

– Je t'écrivais un petit mot. Je ne voulais pas te réveiller.

– Un poème avec des viscères arrachés ?

– Non. Mon numéro de téléphone.

Si je ne m'étais pas retenue, je lui aurais proposé toutes sortes d'activités que seuls les couples font. Aller déjeuner au café du coin, s'échanger les différentes sections de journal, s'acheter un kit de ski de fond.

J'ai attendu trois jours pour le rappeler. Il avait l'air content d'entendre ma voix. Même si je déteste parler au téléphone, j'ai réussi à avoir avec lui une conversation que je pourrais qualifier d'acceptable. On a convenu de manger ensemble quelques jours plus tard. Dans un geste d'inconscience tout à fait caractéristique de ma part, j'ai proposé de nous concocter un petit souper maison. Aussitôt après avoir raccroché, je me suis précipitée sur le seul livre de recettes dans mon appartement. Il a appartenu à ma mère qui me l'a symboliquement donné le jour où je suis partie en appartement.

Je ne reconnais plus mon quotidien. Je ne jure plus après les métros qui me ferment leurs portes sous le nez. J'arrive au travail le cœur léger. Je sifflote, même si je ne sais pas siffler. Je prodigue des conseils santé à mes clients. Je m'inquiète de leur bien-être. Je les complimente. J'accepte de dépanner Louis en prenant quelques clients supplémentaires afin qu'il quitte le spa plus tôt.

– Une urgence. Merci, Martine. Je t'en dois une.

– Pas la peine. Ça me fait plaisir.

Cette fois-ci, je vais être bien. Et je le crois. J'y crois très fort. Demain soir, Philippe sera chez moi pour la deuxième fois. Cette fois-ci, je ferai un effort. Je parlerai de moi, je lui dirai que sa mère me fait du chantage, je lui raconterai tout ce que je sais sur Gaizko. Il m'écoutera, ébloui par ma répartie et mon humour. Il mangera avec délectation tout ce que je lui aurai préparé. Nous ferons l'amour avec créativité. Et le lendemain matin, on ira déjeuner.

• • •

– Un petit rouge à lèvres ne te ferait pas de mal.

Toujours le compliment au bord des lèvres, celle-là. Je suis à la fois anxieuse et soulagée de voir

Lisette dans ma cabine aujourd'hui. Je vais enfin rompre le lien ridicule qui nous attache. Je la rendrai malade de tristesse s'il le faut, mais elle me fichera la paix. J'ai choisi le fils au lieu de la mère.

Je suspends derrière la porte le manteau de fourrure qu'elle n'a pas voulu laisser au vestiaire. À côté de Lisette, j'ai l'air de me laisser aller complètement. Je jette un œil dans le miroir suspendu à côté de l'entrée. C'est vrai que je suis pâle. J'ai quelques plaques rouges sur les joues et des cernes sous les yeux. Chaque année, les esthéticiennes me prescrivent une dizaine de crèmes autobronzantes et de lotions teintées au bêtacarotène. «C'est comme si t'étais allée dans le Sud.» En m'apercevant les mains chargées d'échantillons, Louis grimace toujours avec dédain. «Martine, un avocat biologique avec une goutte d'huile d'émeu dans la face une fois par semaine, c'est magique.» Irritée, je n'écoute personne et assume mon visage hivernal desséché.

– Tu ne m'en voudras pas si j'arrive les mains vides aujourd'hui.

Le mieux serait de dire à Lisette que j'ai revu Philippe lors d'un massage, que j'ai posé quelques questions sur sa vie privée, qu'il est heureux, mais qu'il prévoit un déménagement à l'étranger pour très bientôt et pour une durée indéterminée. Genre en Chine. Genre pour dix ans, minimum. Il a appris le mandarin. Il a déjà vendu la totalité de son mobilier.

En plus de son téléphone cellulaire. Il n'est plus possible de le joindre. Il venait se faire masser une dernière fois avant le grand départ. Il exècre le monde occidental. Il ne compte plus y remettre les pieds. Même à Noël. Il a une copine chinoise qui l'attend. Elle est déjà enceinte. Ils vont se marier. Je lui ai demandé si sa famille allait lui manquer. Il a répondu que malgré quelques différends, il garderait toujours une place au chaud dans son cœur pour elle.

– Tu peux mettre de la musique, s'il te plaît ?

– Pardon ?

– Mets n'importe quoi. Une cochonnerie avec des cétacés qui chantent. N'importe quoi.

Alertée par son ton paniqué, je glisse le premier disque qui me tombe sous la main dans l'appareil. Dès les premières notes de *Sommets des Andes,* 24 solos de flûte de pan, Lisette éclate en sanglots. Son visage entre les mains, elle pleure. J'hésite à la toucher. Je reste debout contre la porte, tétanisée. Il est déjà arrivé que des clients pleurent dans ma cabine. Souvent, ils ne sont pas particulièrement tristes en entrant ici, mais le massage réveille une plaie. Nous savons que les tensions musculaires sont un phénomène physiologique causé par une répétition de faux mouvements et une accumulation de toxines. Je sais toutefois que la plupart d'entre elles ont aussi un nom et un visage. Et qu'un simple geste peut les réveiller.

Lisette lève la tête, les joues barbouillées de noir. Elle renifle, sort un mouchoir de sa manche et s'essuie les yeux. Elle touche ses cheveux comme pour vérifier s'ils sont encore là. Le courage commence à s'échapper de mon corps comme une flaque d'huile. Je ne peux pas croire que je vais sous peu inventer tout un tas de mensonges qui ne feront que raviver sa peine.

– Assieds-toi.

– Vous allez bien, Lisette ? Vous voulez que…

– Assieds-toi.

À contrecœur, je m'assois sur mon tabouret à roulettes. Elle me tend une photo. J'y vois un tableau accroché sur un mur blanc. Il est entouré d'un cadre massif, doré et sculpté. Il s'agit du portrait d'un homme. D'un point de vue anatomique, ça n'a rien d'un être humain. Les proportions ne sont pas respectées. Les coups de pinceau sont apparents et grossiers. La peau du personnage est rougeâtre, son crâne plat comme une assiette. Son nez est représenté par une simple ligne. Ses yeux sont chapeautés d'un trait noir épais, un unique sourcil froncé et accusateur, comme un oiseau dans un ciel d'enfant.

– Peux-tu croire que Gaizko aimait cette horreur ? Cette toile appartient au musée. Je l'ai prise en photo pour te la montrer. Un Karel Appel de 1962. Qu'est-ce que tu vois ?

– Lisette, je ne pense pas que ce soit l'endroit…

– Qu'est-ce que tu vois ?

– Un bonhomme ?

– T'as raison, mais je te trouve bien fine parce que moi, j'aurais répondu un horrible bonhomme mal peint, laid comme un mauvais dessin animé. Peux-tu croire que Gaizko a eu l'impression de s'y reconnaître ? Comme dans un autoportrait ? As-tu remarqué comment les yeux sont faits ? Le peintre a superposé des couches épaisses de rouge et de noir, formant un tourbillon, un sable mouvant. Dans le fond, Gaizko avait bien raison, ça lui ressemble. Les deux rides creusées entre le nez et la bouche. Les oreilles démesurées sur une tête trop petite. La mâchoire carrée comme une brique. C'est bien lui, ça. Nous sommes allés visiter le musée une fois. En apercevant le tableau, Gaizko a figé, comme hypnotisé par la toile, pendant que moi, j'étais morte de peur à l'idée de croiser une connaissance. Finalement, je ne trouvais plus que c'était une si bonne idée de faire des activités à l'extérieur de notre chambre d'hôtel. Il y avait trop de risques, trop de témoins potentiels, trop de chances de nous faire voir. Je regrettais déjà notre sortie. Mais Gaizko restait figé devant la toile, comme une saloperie de statue. Complètement inaccessible. Je lui pressais le bras pour qu'on s'en aille. Il se faisait tard. Je devais passer à l'hôtel avant de retourner chez moi. La famille allait m'attendre pour souper. Hubert allait finir par se douter de quelque chose. Il fallait partir. Mais Gaizko restait là, devant cette stupide toile de merde. J'avais l'impression de parler dans le vide. Pas une seule fois, il ne s'est retourné vers moi pour voir dans quel état j'étais. Je paniquais. J'avais peur. Gaizko, par son immobilité, attirait l'attention. Tout le monde nous regardait avec curiosité. J'avais lâché son bras depuis longtemps. Je me retenais pour ne pas me mettre à pleurer. J'aurais voulu le battre. Je lui en voulais de tout gâcher pour un vulgaire tableau, alors que je mettais tant de choses en péril pour lui. Je l'ai laissé là. Je suis partie. J'ai quitté le musée. Je suis rentrée chez moi en taxi. Je suis arrivée juste à temps pour le repas.

Les larmes se sont remises à couler sur ses joues en silence. Je dépose ma main sur son épaule de façon professionnelle, pour la rassurer.

– Je suis là, Lisette.

– Évidemment, je sais que tu es là. C'est moi qui suis venue te voir.

Je retire ma main. Lisette se met à pleurer de plus en plus fort et je monte le volume de la flûte pour éviter qu'on l'entende pleurer de l'autre côté des murs. Je suis glacée. Son chagrin rend ma tâche encore plus difficile. J'ai plus d'information que j'en voulais au départ. Je souhaite qu'elle se taise.

– Je ne l'ai plus jamais revu. Il retournait en Espagne quelques jours plus tard. Je connaissais la date de son départ. J'ai passé la journée avec la mort dans l'âme. Incapable de marcher, de manger, de faire quoi que ce soit d'humain. Madame Dubrovsky venait prendre ma température régulièrement. J'étais brûlante. À trois heures, j'ai fait ma valise et je suis allée à son hôtel. Il était déjà parti. J'ai questionné la réceptionniste, il ne m'avait rien laissé. Pas même un petit mot. La seule chose qu'il me reste maintenant, c'est cette toile épouvantable. Chaque jour, elle me rappelle que Gaizko ne m'a jamais regardée d'une façon aussi intense. Que dans le fond, il n'y a jamais eu de place pour moi entre lui et son autoportrait.

Les derniers mots se perdent dans un sanglot. Lisette le ravale violemment, s'obligeant à poursuivre.

– Pendant les deux semaines où nous nous sommes fréquentés, nous n'avons jamais vraiment eu de discussions. Gaizko n'était pas très bavard de nature. Pourtant, une fois, il m'avait parlé de son père qui avait combattu durant la guerre civile en Espagne à la fin des années 1930. Je ne connaissais rien sur le sujet. Son père était du côté des républicains. Les Basques s'engueulaient sur beaucoup de choses, mais là-dessus, ils avaient fait front commun, unis contre Franco. En 1937, quelque part dans les montagnes, son régiment s'était arrêté pour bivouaquer. La guerre venait de commencer, elle allait durer encore quelques années, mais les troupes du Nord allaient être vaincues assez rapidement. Elles étaient plus petites, plus faciles à isoler. Son père s'était allongé pour se reposer un peu. Il avait fait la connaissance de la mère de Gaizko quelques mois plus tôt et il ne se lassait pas de penser à elle. Il regrettait toujours de ne pas l'avoir épousée avant de partir à la guerre. La plupart de ses camarades jouaient aux cartes ou se dégourdissaient les jambes. Ils se moquaient amicalement du père de Gaizko. Ils le traitaient de paresseux ou d'amoureux, ce qui revenait au même. Toujours à chercher un endroit pour se fermer les yeux! Les bergers du coin avaient depuis longtemps renvoyé leurs troupeaux à la ferme. Sans les moutons, la campagne basque n'avait pas le même air. Le père de Gaizko somnolait déjà quand un avion allemand est passé au-dessus d'eux. Il a lâché deux bombes. Elles ont explosé, et la mitraille s'est répandue en un instant. Le père de Gaizko s'est relevé en vitesse. Autour de lui, tous les autres soldats étaient morts ou gravement blessés. Il était le seul à s'en être tiré sans une égratignure. Il courait entre les cadavres de ses amis et les râles des blessés. Au moment de l'explosion, la mitraille des bombes avait été projetée à un demi-mètre du sol. Tous ceux qui se trouvaient en position assise ou debout avaient été atteints au ventre, au dos, aux jambes, à la tête. La seule façon de s'en sortir indemne avait été de s'allonger dans l'herbe. De faire comme son père, de se coucher et de rêvasser. Sur le coup, je suis restée figée sur le lit quelques minutes. Je suis partie en promettant de revenir le lendemain. Je n'ai plus pensé à cette histoire avant de retourner au musée trente-sept ans plus tard. Je n'ai plus cessé d'y penser ensuite. Il y a dix ans, j'aurais eu envie de dire à Gaizko que ce n'était pas l'isolement qui avait sauvé son père, mais l'amour, parce qu'il s'était allongé pour penser à sa fiancée. Maintenant, je lui dirais plutôt que ce n'est pas l'amour qui sauve nos vies, mais un hasard impitoyable qui fait qu'on est couché ou assis ou debout juste au bon moment.

Je lui tends la boîte de papiers-mouchoirs. Je me suis laissée attendrir par son récit. Par ses larmes de vieille femme. Combattant son dégoût des contacts physiques, Lisette m'attire contre elle et je me retrouve le nez fourré dans son cou.

– Dis-moi ce que tu sais sur Philippe.

– Oui… il est venu se faire masser hier.

Fermement, elle me dégage le visage pour voir mes yeux. J'en profite pour reculer et aller me poster près de la porte. Prête à sortir. Mes yeux vagabondent dans la pièce, je me passe la main dans les cheveux. Il est évident que je mens.

– Vous avez parlé de quoi ?

– De rien. Je veux dire, j'ai posé quelques questions sur son métier en lien avec sa posture au travail.

– Qu'est-ce qu'il fait ?

– Il occupe un poste dans un bureau.

– Et puis ?

– Je lui ai demandé de me brosser un portrait de l'historique des maladies dans sa famille… comme le diabète, la sclérose en plaques, la maladie d'Alzheimer, la fibrose kystique, le syndrome de…

– Oui, oui, ça va. J'ai compris l'idée. Ensuite ?

– Il m'a répondu qu'il ne pouvait pas répondre à cette question parce qu'il n'entretient plus vraiment de relations avec sa famille.

– Quand il reviendra te voir, tu pourrais glisser…

– Il ne reviendra pas.

– Ah non ?

– Non. Il déménage. En Chine.

– En Chine. Où ? Dans quelle ville ?

– Je ne sais pas. Je ne sais pas, Lisette. Je ne lui ai pas demandé. Il fallait quand même que je le masse. Je n'avais pas deux heures devant moi pour lui poser des questions sur sa vie.

– Mon pauvre amour, mon pauvre enfant… Merci beaucoup, Martine. Donne-moi son numéro. Je vais l'appeler. Je vais piler sur mon orgueil. Je vais aller voir mon fils.

Elle m'emmerde. Tout le monde m'emmerde. Ses histoires de basque et d'amour perdu m'emmerdent. Je n'ai pas à m'excuser, à me tenir, telle une bête apeurée, contre la porte. Je n'ai pas à inventer une histoire ridicule avec des Chinois. Je n'ai pas à endurer ses manières de princesse, ses requêtes de dictatrice. Je n'ai pas à assumer ses erreurs. C'est mon territoire, ici. J'y passe tellement de temps que c'est presque devenu ma maison. Ici, je fais ce que je veux. Ailleurs, dehors, dans la vraie vie, on peut me marcher sur les pieds et me manipuler. Ailleurs, dehors, dans la vraie vie, n'importe qui peut profiter de moi. Mais ici, dans ma cabine de massage, le seul patron, c'est moi. Je règne sur cette table, cette couverture chauffante qui sent le brûlé, cette collection de disques *new age*, ce vaporisateur au parfum de pin et de romarin. Je n'ai jamais demandé rien de plus. J'ai toujours été raisonnable. J'y laisse entrer les autres. Mais à condition qu'ils se taisent. Et à condition qu'ils repartent. Je touche à ma bouteille d'huile, accrochée à ma taille par une ceinture. Elle me rassure comme une arme.

Lisette sort un crayon et un papier de son sac.

– Donne-moi son numéro.

– Non.

– Comment, non ? Il part en Chine, Martine. À l'autre bout du monde. Je n'ai plus de temps à perdre.

– Je ne peux pas. Je n'ai pas le droit de donner des informations comme ça, à n'importe qui.

– N'importe qui ? Je suis sa mère. Laisse-le donc juger de ça. Je ne le dirai pas que c'est toi, ne t'en fais pas avec ça. Donne-moi son numéro.

– C'est confidentiel.

– Confidentiel, mon cul. Tu penses que je ne le vois pas ton petit air de supériorité fendant ? Tu te dis que je l'ai bien mérité de toute façon, que c'est le genre de choses qui ne t'arrivera jamais. Que tu ne finiras jamais comme moi, vieille sénile devant un tableau de 1962, à ressasser des souvenirs d'une autre époque. Penses-tu que j'ai voulu ce qui m'arrive ? Penses-tu que ça me fait plaisir d'aller voir une petite masseuse insignifiante pour lui quémander des informations sur mon propre fils ? Je le vois bien ce que tu penses en m'écoutant. Tu pues la prudence à plein nez. Ton visage prudent, ta petite vie prudente, ton métier prudent. Toute ta petite existence prudente. Toutes tes petites certitudes prudentes faites dans l'obscurité et la porte fermée. Obéir à tes petits codes prudents pour satisfaire ta conscience, comme si ça allait changer quelque chose. Va chier, petite vache. Va chier, Martine.

Brusquement, Lisette tombe sur le plancher, comme un sac de patates, les membres aussi lourds que du plomb. Affolée, je me précipite vers elle en hurlant son prénom. Aucune réaction. Même si je crie et la secoue légèrement, ses yeux restent clos. Je chercher à sentir son pouls, mais je n'arrive pas à repérer la carotide sous son collier de perles. Je me lève d'un bond. Je fonce à la réception comme dans un rêve, les jambes en coton, les yeux hagards, le battement de mon cœur dans mes oreilles. En m'apercevant, la réceptionniste laisse tomber le combiné du téléphone. Deux esthéticiennes occupées à plier des serviettes laissent aussi tomber leur matériel et se précipitent vers moi pour connaître le dernier scandale.

• • •

La police et deux ambulances sont venues. Ils ont emporté Lisette. Le calme est revenu dans le spa. Il s'était transformé en champ de bataille durant les deux dernières heures. La nouvelle de l'effondrement de ma cliente s'est propagée comme une traînée de poudre. Tous les employés sont sortis de leur cabine. Quelques clients sont sortis des bains de vapeur en serviette éponge. Quelques autres ont été abandonnés, les deux pieds ratatinés dans les bassins de pédicure. La réceptionniste tentait sans succès de rappeler tout le monde à l'ordre. Une esthéticienne particulièrement sensible a éclaté en sanglots. Au final, nous étions une quarantaine à assister au départ de Lisette, inconsciente, couchée sur une civière, un masque d'oxygène sur le nez.

On est venu m'interroger. J'ai menti. Personne n'a trouvé étrange que Lisette conserve ses vêtements lors du massage. Un policier s'est avancé vers moi.

– C'est vous la masseuse ?

– Massothérapeute…

Je lui ai expliqué ce qui s'était passé. Non, elle ne semblait pas agitée. Non, elle ne m'a pas parlé d'un changement en ce qui concerne sa santé. Oui, elle a pleuré. Non, je ne sais pas pourquoi. Vous savez, c'est courant durant un massage. Il a pris mon nom et mes coordonnées en note. En passant, vous savez si elle a de la famille ? Des enfants, je crois. Je ne suis pas sûre.

Le patron vient me dire au revoir avant de retourner auprès de sa femme. La réceptionniste lui a téléphoné de toute urgence au début du drame. Même s'il n'oserait jamais l'avouer, je sais qu'il me tient un peu responsable de ce qui est arrivé. Les deux mains sur les genoux, j'inspire assez d'air pour m'aérer le cerveau. Je ne revois que le visage de Lisette avant qu'elle tombe, ravagé par la peine et le mépris. Ses veines avaient sailli dans son cou. Ses yeux étaient injectés de sang. Sa bouche se tordait tandis qu'elle déversait sur moi un paquet d'horreurs qui venait résonner dans ma poitrine comme la détonation d'un fusil. Ses mains blanches s'étaient mises à trembler, comme mues par une force étrangère. À ce moment-là, elle me détestait.

Je retourne dans ma cabine pour attraper mon manteau et mes affaires. Tous mes autres rendez-vous ont été annulés. Sous la table, je trouve la photo de la toile de Karel Appel. Elle est froissée. Je la glisse dans ma poche.

Le wagon bondé est surchauffé. Je suis complètement en sueur, mais je n'enlève pas mon manteau. Je reste emmitouflée parce que je ne crois pas avoir la dextérité nécessaire pour descendre la fermeture éclair. Mes mains tremblent. La scène où Lisette s'effondre rejoue constamment dans ma tête. Chaque fois, des détails s'estompent ou se précisent. Mais chaque fois, même si j'essaie, même si je me concentre sur un autre aspect, je ne suis pas capable d'échapper à ses yeux braqués sur moi. Il y a ceux de Gaizko aussi, coincés dans ma poche.

J'aurais dû l'accompagner à l'hôpital. C'est ce qu'il faut faire dans des situations pareilles. Je ferme les yeux très forts. Lorsque je les ouvre, le monde n'a pas changé et l'homme à côté de moi a reculé de quelques centimètres. Il a peur que je fasse une crise aiguë de claustrophobie. J'essaie de sourire pour le rassurer et lui prouver que je suis un être humain équilibré. Ma tentative échoue dans un lamentable serrement de lèvres. Je referme les yeux. Si je le pouvais, je me frapperais la tête contre les murs pour que la douleur me ramène à la réalité. Si je pouvais saigner, cela me rachèterait un peu. Je me ferais mal le plus possible pour me faire pardonner. Lisette avait tort de me reprocher ma prudence, c'est ma lâcheté qu'il aurait fallu me jeter en pleine gueule.

J'essaie de me rappeler le dernier instant où je me suis penchée sur son corps. Je ne me souviens pas d'avoir senti son souffle. Je recommence la scène. Vingt fois, trente fois. Je me revois me précipitant sur Lisette. Regarder son visage blanc et me lever pour courir vers la sortie.

Je sors du wagon. L'homme à côté de moi me laisse passer avec soulagement. Je tourne en rond sur le quai. Finalement, je m'assois sur un banc. J'y resterais des heures, à l'abri, plusieurs mètres sous le sol. Je laisse ma tête retomber. Je ne sais plus à quoi penser. Louis me répète souvent que nos pensées influencent le cours des choses. Qu'il ne faut pas les prendre à la légère. J'essaie d'oublier Lisette. Mais aussitôt qu'elle s'efface de ma mémoire, c'est le visage de Philippe qui prend sa place. Qu'est-ce que je vais lui dire, à lui ? Que sa mère, qu'il n'a pas vue depuis dix ans, est peut-être en train d'agoniser à l'hôpital à la suite d'une crise de cœur causée par son déménagement en Chine ? Et lui, rongé par la douleur et le remords, me demanderait quels ont été ses derniers mots.

– Attends que je me rappelle… Ah oui ! C'était : «Va chier petite vache.» Tu veux encore du rôti ?

En remontant l'escalier, je sens une main se déposer sur mon avant-bras. Je reconnais Maurice, le bon Samaritain des déprimés, à côté de moi. Je commence à le soupçonner de passer sa vie dans le métro, lui. À la vue de ses lunettes fumées et de sa canne, je sens monter en moi une violente colère. Une envie folle de frapper sur un *punching bag.* Je n'ai pas envie de me faire sauver. Qu'il aille voir ailleurs, ce ne sont pas les victimes qui manquent. «Ce n'est pas fini, votre petit jeu de Jésus à la con ?» Je traite Maurice de tous les noms, j'enlève sa main de sur mon bras, je lui ordonne de me laisser tranquille et l'abandonne au beau milieu des marches. Assistant à la scène, une jeune femme outrée me demande où j'ai été élevée pour être si malpolie. Je lui réponds de se mêler de ses affaires. Elle m'accuse de manquer de compassion. Je lui adresse mon majeur tendu par-dessus mon épaule. Je l'entends hurler d'aller me faire foutre. Heureusement, celle-là ne me fait pas le coup de mourir.

Article 9

[…] Le membre doit tenir compte des limites de ses aptitudes, de ses connaissances, ainsi que des moyens dont il dispose.

J'ai tardé à trouver le sommeil encore une fois. Quand il est venu, il m'a assommé d'un grand coup derrière la tête. Je me suis réveillée le lendemain avec un courage renouvelé. Je vais m'en tenir au plan initial, je vais tout raconter à Philippe ce soir. Et nous téléphonerons ensemble, main dans la main, à tous les hôpitaux du centre-ville. La chose ne sera pas aisée. Je suis peu douée pour le mensonge, mais je suis encore pire avec la vérité. Je suis aussi déprimée de constater qu'il est possible de se rendre jusqu'à trente ans en naviguant entre les deux, dans l'immense zone grise qui sépare le vrai du faux.

L'odeur de viande braisée commence à se répandre dans l'appartement. Je suis en admiration devant la mijoteuse branchée sur ma cuisinière. Je suis passée emprunter celle du spa que l'on utilise pour le massage aux pierres chaudes. Complice dans le crime, une esthéticienne m'a laissé filer avec l'appareil par la sortie de secours. « Bonne soirée ! Tu nous raconteras les détails. » Dans d'autres circonstances, tous les éléments auraient été réunis pour une soirée parfaite.

Je suis à quatre pattes en train de nettoyer les toilettes quand la sonnette retentit. Déjà ? Je me débarrasse des produits ménagers en catastrophe. Je cours jusqu'à la porte. J'ai à peine le temps de me donner un petit mot d'encouragement avant de tourner la poignée.

– Qu'est-ce que tu fais là ?

– Je dérange ?

Devant moi, sur le balcon, avec des flocons de neige pris dans sa barbe, Louis me lance un regard de chien battu. Je ne manque pas de remarquer le sac de voyage posé à ses pieds.

– Merde, Louis. Tu aurais dû m'avertir, ce n'est vraiment pas le moment pour une visite improvisée. Il va falloir que tu repasses un autre jour…

Je n'ai pas le temps de terminer ma phrase qu'il est déjà entré, complètement sourd à mes paroles. Apparemment, sa copine Akane est devenue folle du jour au lendemain. En rentrant de son cours de taï chi, Louis l'a trouvée en train de faire sa valise. Il l'a d'abord suppliée de rester avant de réaliser que c'était la sienne. Akane avait décidé de le mettre à la porte de son propre appartement. Toujours conciliant, Louis a tenté de l'amadouer avec quelques compliments et des paroles rassurantes. Elle était complètement hystérique. Il a évité de justesse une assiette qui a éclaté sur le mur derrière lui. « Tu es un ange destructeur venu des ténèbres ! Si tu m'approches, j'appelle la police. » Louis est parti au moment où elle s'emparait du pressoir à l'ail et de la râpe à fromage.

– Je ne comprends pas, je ne comprends rien. Je suis complètement bouleversé. Je pensais que tout allait bien entre nous.

– J'attends un homme pour souper. Si tu vois ce que je veux dire.

– Ah…

Il a l'air sur le point de fondre en larmes.

– Je devrais peut-être y aller d'abord. Je pourrais payer vingt dollars de bus pour aller chez ma mère en banlieue. Même si on va encore s'engueuler. Elle va dire que je la juge, que je suis le Hitler du végétal. Je peux toujours aller chez elle, c'est vrai. Je n'ai pas d'autres endroits où dormir. Je ne peux quand même pas coucher dans la rue.

– Tu me fais chier, Louis. Tu m'entends ? Tu me fais chier. Ce n'est pas possible pour toi de rester. Reviens demain.

– Allô ? C'est l'hiver, Martine. Il fait froid, je suis déprimé, je suis ton ami et tu vas me laisser geler dehors ?

– Reviens dans deux heures. Trois, c'est mieux.

– Et je vais où pendant tout ce temps ?

– Va dans un café. Je peux te redonner un de tes livres.

– Aider quelqu'un, c'est vraiment au-dessus de tes forces, hein ?

Je me retiens de lui dire que les gens que j'aide ces derniers temps finissent inconscients sur le plancher.

– Entre te réchauffer. Dès qu'il arrive, tu sors par la porte d'en arrière et tu reviens plus tard.

Louis dépose son sac en bougonnant.

– Je peux savoir qui c'est ?

– Non.

Je connais mon ami. Il n'approuverait jamais une relation avec un client.

– C'est vraiment en désordre ici.

– Un seul commentaire de plus et c'est la porte.

• • •

Philippe n'est jamais venu. Il n'a pas téléphoné. Je me suis enfermée à quelques reprises dans la salle de bains pour l'appeler. J'ai laissé deux messages dans sa boîte vocale. Enragée, j'ai donné un coup de poing sur la machine à laver. J'ai fait passer ma peine en m'engueulant avec Louis. « Non, je ne sais pas si c'est un foutu Scorpion ! » Je l'ai écouté me parler d'Akane. « On fait de la méditation ensemble. On a même élaboré des projets professionnels comme ouvrir un centre de ressourcement spirituel. Ça fait longtemps qu'Akane se cherche un partenaire. Elle est médium. Elle tire aux cartes aussi. Bon, elle est un peu spéciale parfois. Elle peut passer des jours sans prononcer un mot. Elle aboie pour retrouver l'animal en elle, pour se connecter à ses instincts primaires, réprimés par la société occidentale. Elle est un peu angoissée aussi. Il a fallu que je manque le travail pour être à ses côtés quand elle traversait une crise de panique. C'est une femme hypersensible. Trop sensible même. Elle sent les choses plus que les autres, c'est ce qui fait qu'elle se met dans des états pareils.»

Je lui ai donné le meilleur conseil qui m'est venu à l'esprit dans les circonstances. «Laisse-la tomber. Fais comme moi et résigne-toi au célibat. Les massages thérapeutiques constitueront à l'avenir tes seuls contacts physiques.» J'ai donné des coups de pieds dans mon oreiller ergonomique en matière spatiale suédoise. Louis en a profité pour vider son sac de voyage, faire la lessive et un peu de rangement dans ma bibliothèque. Deux heures plus tard, Philippe était officiellement devenu un salaud.

J'ai pris la décision de me saouler. Louis est venu me rejoindre sur le futon avec une coupe.

– Je pensais que tu ne buvais pas.

– Juste pour ce soir. J'ai besoin de me détendre moi aussi.

Après un seul verre, Louis, dont l'organisme avait perdu l'habitude de l'alcool, chantait des airs hindous appris dans son cours de yoga. Après son deuxième verre, il entreprit de me montrer la position du poirier en se tenant sur la tête. Après une bouteille, il décida de manger le contenu de la mijoteuse. «Je t'avertis, Louis, c'est cuit. Mijoté pendant des heures. Tu n'as pas plus cuit que ça.» J'ai ouvert une deuxième bouteille tandis qu'il engloutissait de généreuses cuillerées. «Le bœuf est délicieux. Ça doit faire quinze ans que je n'ai pas mangé de viande. Il ne faut pas que je me concentre sur la fibre musculaire parce que j'aurais l'impression de manger ma propre cuisse, mais c'est vrai que c'est bon.»

Vers minuit, Louis s'est effondré sur le divan, complètement ivre. Avant qu'il sombre dans l'inconscience, je lui ai confié l'identité de Philippe en précisant qu'il s'agissait bien d'un client du spa. Louis a agité mollement son index pour me réprimander. J'ai poussé ses jambes pour me faire une place. J'aurais carrément pu m'asseoir sur lui. Je suis restée un petit moment à réfléchir. J'ai asséné un coup de coude à Louis quand il s'est mis à ronfler. Il s'est tourné sur le côté en laissant un petit espace entre son dos et le dossier. Trop fatiguée pour aller quelque part, je me suis collée contre lui.

● ● ●

– Si tu veux mon avis, il n'est pas fait pour toi, ton Philippe.

– Je ne suis pas sûre que je le voulais en effet, mais merci quand même, j'en prends note. Tiens, avale tes deux aspirines.

– Je ne prends jamais de médicaments.

– Tu n'as jamais la gueule de bois non plus. Contente-toi de l'eau citronnée si tu veux, mais je ne veux rien entendre sur ton mal de tête.

– O.K., donne-les-moi.

Louis tend la main pour prendre aussi le verre d'eau. On s'est élégamment réveillés sur le sofa dans une position digne des plus flexibles contorsionnistes chinoises. Réussir à me mettre sur pied m'a demandé un effort surhumain. Je me suis traînée jusqu'à la douche et en sortant des toilettes, Louis était encore là, allongé sur le dos, comme une baleine échouée. Je voulais savoir s'il avait envie de vomir. Je n'avais pas fini de lui poser mes questions qu'il était déjà replongé dans le sommeil, ronflement à l'appui. Il s'est réveillé trois heures plus tard, la bouche sèche, avec un joueur de batterie entre les deux tempes.

Je lui reprends son verre d'eau, le dépose sur le comptoir et viens me rasseoir à ses côtés. Nous allons nous taper toutes les émissions de télévision américaines d'après-midi en mangeant des nouilles Pad Thaï que je suis allée chercher au vietnamien du coin. Encore ce matin, j'ai vérifié le contenu de ma boîte vocale. Rien. Je me sens comme la dernière des merdes. Je lui cherche des excuses. Peut-être a-t-il été mis au courant par la police de l'accident de Lisette. Je suis certaine qu'il a une bonne raison. Je suis secrètement soulagée de ne pas avoir eu à déballer mon sac hier soir. Je n'ai pas envie de parler de Philippe. J'ai envie d'enfouir la soirée d'hier très loin. Je veux faire comme si elle n'avait jamais existé. Je veux oublier que je suis le genre de filles à qui l'on pose des lapins.

L'émission du docteur Phil est sur le point de débuter et la publicité racoleuse nous rabat les oreilles depuis une heure avec la spectaculaire confrontation prévue entre une femme adultère et ses cinq amants. Le pire, c'est qu'il reste à convaincre le mari légitime que tous ces enfants sont de lui.

– C'est vrai. Quand j'y repense, j'ai toujours trouvé qu'il n'avait pas l'air franc. Une fois, en massage…

– Ta gueule, Louis.

– Comment te sens-tu ?

– Ta gueule. L'émission va commencer et je ne voudrais surtout pas manquer les candidats en train de se battre.

– T'es amoureuse ?

– Je ne suis rien du tout. Depuis le temps, tu devrais me connaître. Passe-moi la sauce piquante.

– Va voir Akane.

– Fais tes messages toi-même.

– Non. Pour te faire tirer aux cartes, je veux dire. Elle est très douée. Elle pourrait t'aider à digérer ta peine et à y voir plus clair.

– Mon Dieu, elle est donc bien grosse, la femme ! Je ne comprends pas comment elle fait pour sortir de sa maison mobile au Wisconsin !

Louis retourne illico son regard vers l'écran. Nous n'échangeons plus un mot. Je mets l'eau dans mes yeux sur le compte de la pâte de piments.

● ● ●

Il est rare que nous soyons tous réunis ainsi. Le soleil passe à travers la fenêtre et vient éclairer le plateau de viennoiseries. Les chocolatines dorées brillent. La gelée de fruits rouges sur les brioches reluit. Je trempe mon croissant dans le café et échange un sourire, la bouche pleine, avec la fille assise à côté de moi. Elle sirote du bout des lèvres le contenu brûlant de sa tasse. Elle est nouvelle. Elle n'ose pas se goinfrer comme nous. N'étant pas payés pour les réunions matinales d'employés, mes collègues et moi cherchons dans la nourriture une forme de compensation.

Le patron, assisté de la réceptionniste, qui je le crains, est en voie d'obtenir une promotion, nous dévoile les détails de son nouveau plan d'affaires. Il a accroché au mur plusieurs graphiques, différentes statistiques, quelques tableaux entourés de flèches et des cartons avec des mots en caractères gras. Il incite les esthéticiennes à vendre des crèmes et les massothérapeutes à trouver des problèmes musculaires chroniques nécessitant plusieurs traitements. «Le client ne peut pas quitter le spa sans avoir repris rendez-vous pour une prochaine fois. Pensez *valeur ajoutée*!»

Et qu'est-ce qu'on fait quand on n'a plus rien à donner? C'est ma première journée au travail depuis la crise de Lisette. Une atmosphère étrange régnait dans ma cabine quand j'y suis entrée. Comme ces maisons où quelqu'un s'est suicidé et que personne ne veut acheter.

• • •

Je n'ai jamais compris pourquoi Louis avait décidé de louer un appartement si loin du centre-ville. Il habite depuis des décennies dans un quartier résidentiel paisible où de petites familles promènent leur progéniture dans des poussettes aérodynamiques. Même s'il m'a invitée à quelques reprises, je n'ai jamais pris la peine de faire le trajet jusque chez lui. Je me disais que tant qu'à voyager aussi longtemps, aussi bien aller à la campagne. D'ailleurs, se rendre jusqu'ici aujourd'hui n'a fait que confirmer mes craintes.

Congelée, j'ai dû attendre vingt minutes à l'arrêt avant qu'un autobus se pointe. Je me suis assise près du chauffeur, qui écoutait le décompte des meilleurs succès-souvenirs des dernières décennies. À travers la vitre, on ne voyait que la réflexion de l'autobus. Je pouvais fixer mon propre visage jusqu'à ce qu'il devienne celui d'une étrangère. Même en plissant les yeux, je n'arrivais pas à lire un seul nom de rue aux intersections. Je n'avais aucune idée d'où je pouvais bien me trouver. Le monde à l'extérieur de l'autobus était si noir que je me demandais même s'il existait.

Après notre réunion matinale avec la direction, je me suis attardée autour de la table où une esthéticienne procédait à la répartition équitable du surplus de pâtisserie. La plupart de mes collègues félicitaient Louis pour ses prises de position. Il n'hésite jamais à défendre nos maigres avantages d'employés devant le patron. Depuis le temps, lui et moi avons établi une dynamique très efficace. Je jouais la salariée butée et révoltée. Mes revendications étaient systématiquement rejetées. Louis reprenait ensuite le même discours avec un calme olympien et un vocabulaire choisi. Le patron, bluffé par le caractère pondéré de Louis, accédait cette fois sans regimber à nos demandes. Cette fois-ci, je n'ai pas dit un mot. Je n'ai pas levé les yeux de ma pâte feuilletée. J'ai laissé mon ami faire cavalier seul.

Alors que je m'éloignais vers ma cabine de massage, Louis m'a convaincue d'aller consulter Akane. «Je déteste avoir à l'avouer, mais elle a un don.» Résistante à l'idée, mon premier rendez-vous m'a convaincue de tenter le coup. J'ai été presque incapable de masser une jeune étudiante en pharmacie, pourtant ouverte d'esprit et souple comme un chat. J'avais accoté la photo de la toile de Karel Appel sur une bouteille d'huile de pépins de raisin. Le regard de Gaizko était insoutenable. Je me suis demandé combien de temps j'allais être obligée de tenir comme ça. J'ai eu peur que mes excès de sensibilité des derniers temps aient raison de moi. Louis était fou de joie quand je suis allée lui demander son adresse. «Ça va te remettre sur la bonne voie. Pendant que t'es là, profites-en donc pour apporter mon dentifrice, que j'ai oublié dans la salle de bains. Je ne peux pas croire que tu utilises les marques industrielles. Tu savais qu'il y a de l'antigel là-dedans?»

Avant d'échouer dans un terminus éloigné de la civilisation, j'ai demandé de l'aide au chauffeur de l'autobus qui m'a répondu entre deux refrains de *Every Breath You Take*. Il connaissait exactement l'endroit où je devais descendre et il m'a ouvert la porte sur un sympathique «Bonne soirée, madame! Et gardez le sourire!» La portière semblait s'être ouverte sur un immense trou noir capable de m'avaler.

• • •

La porte s'ouvre sur une femme assez petite, rondelette, aux épais cheveux châtains frisés. Si elle, elle est japonaise, moi, je suis gabonaise. Elle porte un genre d'amulette autour du cou, constituée d'une griffe animale assortie de plumes de couleur fuchsia. Elle me fait signe de patienter tandis qu'elle termine son appel téléphonique. Je n'arrive pas à croire que c'est la femme, la fameuse déesse qui a rendu Louis fou de désir avant de lui jeter à la tête l'ensemble de sa vaisselle.

Elle revient vers moi, le combiné toujours collé sur l'oreille. Elle roule des yeux pour me signifier que son interlocuteur n'arrête pas de parler. Elle finit par l'interrompre.

– Oui, oui. Il n'y a aucun problème, je te dis. Il faut vraiment que j'y aille. Ciao. S'cuse.

– Ça va.

– Tu peux garder tes bottes. Martine? C'est ça?

– Oui. Akane? Je ne suis pas sûre de bien le prononcer.

– *Call me* Sylvie, si c'est plus simple.

Le Japon a pris le bord, ça n'a pas pris de temps. Je comprends de moins en moins ce que mon ami peut lui trouver. Elle prend mon manteau en s'informant de la santé de Louis. Je le reconnais dans tout l'appartement. Sur le tatami dans le salon, dans la statuette de Shiva rapportée d'Indonésie. Je ne savais pas qu'il avait autant de goût pour la décoration et l'agencement des couleurs. J'ai envie de m'allonger sur les coussins moelleux d'un bleu profond. Les abat-jour projettent sur le mur une série de motifs orientaux. Je n'arrive pas à croire que je suis en train de souiller son plancher avec mes semelles mouillées. Seule la porte de la chambre à coucher reste fermée. Je suis Sylvie jusqu'à la cuisine.

– Tu fais quoi comme travail ?

– Bien, je tire aux cartes.

– Je veux dire, dans la vie ?

– S'cuse, mais c'est personnel.

S'cuse, mais va chier.

– C'est ta première fois ?

– Oui.

– Tu sais comment ça fonctionne ?

– Pas vraiment, non.

– Je vais commencer par un tirage qui va me dire ce que tu vis en ce moment. Après ça, on pourra faire quelque chose de plus rapide avec des questions précises. Bon, brasse-moi ça et coupe avec ta main gauche.

Tant qu'à être ici, j'essaie de me concentrer sur ce qui m'intéresse. Je suis ici pour me reconnecter avec moi-même, trouver une motivation pour me lever le matin, essayer de redorer mon estime personnelle passablement fatiguée depuis la dernière année, savoir si je vais faire un important gain financier et pourquoi pas, tiens, trouver un sens à ma vie. Rien que ça.

Sylvie commence à disposer quelques cartes sur la table. Son visage est inexpressif, alors que je crie d'horreur en voyant un squelette avec une faux sur la nappe.

Je reste aux aguets tandis qu'elle observe les cartes attentivement. Je retiens mon souffle. Une crainte totalement irrationnelle a pris possession de mon corps. Et si tout était là, devant moi, sur sept cartes colorées aux coins racornis ? Tout ce que je suis, tout ce que je porte et tout ce que je vais devenir. Je veux bien croire que je suis une femme normale sans grande particularité physique et mentale, mais est-ce que je peux être comprimée dans sept petites cartes ridicules ?

– T'es mêlée, mais ça va bien aller.

J'attends quelques secondes que Sylvie ajoute une information supplémentaire, mais elle s'emmure de nouveau dans le silence. Si elle poursuit avec des remarques aussi génériques, c'est Louis qui va entendre parler de moi. Étant donné qu'il est en train de faire le ménage de mon appartement à l'heure qu'il est, je me promets tout de même de l'épargner.

– Je dis ça à cause de cette carte-là.

Elle pointe une femme nue se tenant au centre d'une couronne tressée. Autour d'elle, je reconnais un ange, un aigle, un lion et un bœuf. Seul ce dernier n'a pas d'auréole. Je ne peux m'empêcher de remarquer que les seins de la femme sont ronds comme deux pleines lunes et que la gravité ne semble pas avoir de prise sur eux. Il y a des avantages à vivre dans le tarot de Marseille.

– C'est l'arcane numéro XXI. Comme elle est à droite, ça dit que si tu veux améliorer ta situation et traverser les épreuves, il faudra que tu t'ouvres au monde, à la réalité extérieure. C'est très encourageant si tu vois ce que je veux dire.

Plus ou moins. Mais je décide de hocher la tête en guise d'assentiment.

– Et la Mort, elle…

– S'cuse, je suis en train de regarder quelque chose.

Elle commence à m'irriter, la Sylvie.

– La Mort, comme tu dis, c'est l'arcane numéro XIII. C'est la seule à ne pas avoir de nom. Ça représente un passage. Ce n'est pas négatif.

– Ah bon, un passage vers…

– S'cuse, je me concentre.

Un autre «s'cuse» et je la défrise. Sylvie fronce les sourcils comme si elle apercevait quelque chose d'inquiétant. Jusqu'à maintenant, je ne suis pas du tout impressionnée par ses talents de cartomancienne ni par ceux d'hôtesse, par ailleurs, elle ne m'a pas offert un verre d'eau. La cuisine est plus en ordre que le reste de l'appartement. Sur le comptoir, un contenant de lait d'amandes attend qu'on le remette au frigo. Un navet pourrit près de la poubelle. Le soleil est déjà couché. La lampe suspendue au-dessus de la table dessine sur nous un cercle lumineux. Les bouclettes de Sylvie prennent une teinte dorée très prononcée, comme si elles allaient prendre en feu.

— Il y a une femme importante dans ta vie. Au début, je pensais que c'était toi, mais non, je suis sûre maintenant que c'est quelqu'un d'autre. Elle est plus âgée. C'est peut-être ta mère, je ne sais pas. En tout cas, elle exerce une grande influence sur toi. Elle a des ennuis de santé. Elle est peut-être malade. Il lui est peut-être arrivé quelque chose. Quelque chose se termine avec elle. En elle. Il y a beaucoup de colère, beaucoup de mensonges, de violence aussi. Mais avec une forme de douceur, de tristesse. Pour être honnête, elle apparaît partout. Je vois juste elle ici. C'est clairement quelqu'un qui joue un grand rôle dans ta vie en ce moment. Tu vois qui c'est?

– Je pense avoir une petite idée.

Je scrute les cartes comme si moi aussi, j'allais y voir une petite Lisette en train de me saluer.

– Est-ce que… tu sens… de la vie… je veux dire, avec cette femme, tu sens de la vie ?

– S'cuse, je ne suis pas sûre de comprendre.

– Est-ce qu'elle est entourée de vie ?

– Qu'est-ce que tu veux dire ?

– Est-elle vivante, merde ? Ou si elle est à cheval sur le dos du squelette tueur en série ?

– Ne t'énerve pas. Je pense que oui. En tout cas, elle est super présente. Comme je t'ai dit, je la vois partout. Mais en passant, la carte XIII, c'est pour toi, pas pour elle.

– Je vais mourir ?

– Non. Je te l'ai déjà dit. C'est un passage. Il ne faut pas prendre les dessins du tarot pour ce qu'ils sont.

– Il faut les prendre pour quoi, d'abord ?

– Pour la signification qu'on leur donne dans un contexte particulier. C'est comme les humains. En ce moment, par exemple, tu pourrais facilement m'apparaître comme une agressive compulsive, mais je sais que ton attitude vient de ta frustration par rapport à ton existence. Ça t'excuse, genre.

Elle est chanceuse que le rutabaga soit hors de ma portée.

– Je sais aussi que t'as envie de crier et de m'assommer avec un légume racine. Mais ça ne réglera rien. Je ne suis pas responsable de ce qui t'arrive. Je comprends ça, avoir envie de hurler un bon coup pour se vider le corps. Louis t'a sûrement parlé de ma crise d'il y a deux jours.

Elle se lève.

– Ça va te faire quarante piastres.

– C'est fini?

– Je ne vois rien d'autre.

– Et mon avenir? Et mon futur mari, mes futurs enfants?

– Il va falloir que tu reviennes.

Les mains tremblantes, je retire l'argent de mon portefeuille. Je n'y crois pas. La seule chose qu'on peut lire dans mon destin, ce sont mes clients. Je me retiens pour ne pas enfoncer les billets dans la bouche de Sylvie. Ce sont les gens comme elle qui salissent la réputation des médecines douces. Je vais revenir avec une cohorte d'acupuncteurs et nous brûlerons sa maison. « Hérétique ! Sorcière ! » Et l'agressive compulsive que je suis se battra bec et ongles afin d'empêcher son meilleur ami de retourner auprès d'elle.

Aussitôt à l'extérieur, je téléphone à Louis sur mon téléphone portable pour le mettre au courant de mes projets concernant son ex-copine. J'ai un nouveau message. Je crains le pire en reconnaissant

la voix de ma réceptionniste adorée. «Je suis désolée, Martine. Je suis vraiment sincère cette fois. Je
suis désolée. La police vient d'appeler au spa. Ta
cliente, Lisette, est décédée cet après-midi.»

Article 32

Le membre doit sauvegarder en tout temps son indépendance [...].

Ce n'est pas un nez que j'ai au milieu du visage, c'est une brique. Je me suis réveillée ce matin avec la sensation que l'air n'entrerait plus jamais par mes narines de toute ma vie. Je déteste le rhume. Je le déteste de façon viscérale. C'est une maladie de cons, pas assez puissante pour m'empêcher d'aller travailler, mais qui me fait sentir comme une épave.

À mon réveil, Louis, qui dort sur mon futon depuis deux semaines, était déjà parti courir sur la montagne avant d'aller travailler. Il m'avait laissé des céréales aux baies de Goji sur le comptoir de la cuisine. J'ai l'impression d'habiter avec une version hippie de ma propre mère. En peu de temps, lui et moi avons mis en place une routine de vieux couple. Il s'affaire derrière les casseroles tandis que je me charge de la vaisselle. Devant la télé, il fait des tractions sur mes poignets endoloris et je lui hache les trapèzes comme un chef cuisinier japonais. Je lui ai découvert un plaisir coupable pour les croustilles sel et vinaigre gorgées de glutamate.

Louis a rompu avec Akane. Cela n'a pas été facile. J'ai passé des heures à le déprogrammer. Je lui ai répété mille fois qu'il méritait mieux qu'elle. Qu'avec son physique de bellâtre, il pouvait avoir n'importe qui. Que l'amour, sans lettre majuscule, pouvait être agréable et satisfaisant. Déprimé, il a tenu à écrire sur une feuille de papier toutes les qualités qu'il recherche chez l'être aimé. Il m'a convaincu de faire de même. « C'est une commande pour l'Univers. Tu vas voir, ça marche. » Je ne lui ai pas dit, mais j'ai été incapable d'écrire quoi que ce soit. J'admire sa foi, son instinct de survie. J'ai scellé ma feuille blanche dans une enveloppe à côté de la sienne.

Peu à peu, Louis a retrouvé sa bonne humeur et son sens de l'humour. Je peux passer des heures à me plaindre de mes clients après nos journées au spa, il m'écoute toujours avec attention et se régale de mes coups de gueule.

Nous sommes retournés à son appartement pour renvoyer Akane. Louis n'était pas convaincu qu'il fallait en arriver là, mais j'ai tenu bon jusqu'à ce qu'il cède. Malgré ses protestations, j'ai tenu à emporter un balai et une paire de ciseaux pour nous protéger. Le trajet en autobus m'a paru moins long que la première fois. Louis n'arrêtait pas de jacasser pour dissimuler sa nervosité. J'étais dangereusement silencieuse. Quand elle nous a vus, Sylvie s'est raidie et a essayé de refermer la porte, mais j'ai glissé le manche du balai dans l'embrasure. Elle s'est mise à pleurer en jetant ses bras autour de Louis. Je l'ai laissé se débrouiller avec elle et je suis allée découper ses cartes de tarot étalées sur la table de la cuisine. Tiens, la Mort. Tiens, l'Amoureux. Prends ça, la Tempérance.

Je suis revenue prêter main-forte à Louis qui fourrait dans un sac tout ce qui appartenait à Sylvie. Celle-ci, les yeux exorbités, essayait de l'en empêcher en tirant sur son pantalon. « Lâche mon ami, toi ! » J'ai neutralisé la Japonaise d'un bon coup de manche à balai sur les doigts. Elle s'est mise à crier de douleur. Louis, qui trouvait que je prenais mon rôle un peu trop au sérieux, m'a envoyé vider la penderie dans la chambre à coucher. À l'intérieur, j'ai trouvé le lit défait sur des draps sales. Je me suis arrêtée pour regarder les photos sur le mur. Louis dans la jungle au Costa Rica, Louis en haut du Machu Picchu, Louis en expédition de canot-camping au Colorado, Louis cueillant des cerises dans la vallée d'Okanagan. Et puis Louis petit, âgé de trois ans, tout sourire, dont on voit les petites dents brillantes. Il tend les bras devant sa mère, rayonnante de fierté. Et puis, moi. Moi, assise dans une des chaises longues du spa. Je tiens un bilan de santé dans mes mains et je fais une grimace qui ne m'avantage pas du tout. En arrière-plan, une esthéticienne hilare. Je me souviens parfaitement du moment où cette photo a été prise. L'après-midi était calme. Personne n'avait de clients. Nous perdions tous notre temps dans le salon de décompression en râlant contre le patron. Je menais le bal en dénigrant aussi la réceptionniste. Les filles avaient peint les ongles de Louis en rouge. Il s'amusait à prendre des photos avec son nouvel appareil photo numérique. Me voir là, épinglée sur son babillard, m'a donné envie de pleurer.

Sylvie a fini par se calmer en comprenant que Louis était bien résolu à la mettre dehors. Elle s'est roulé une cigarette sur le balcon tandis que Louis faisait une dernière vérification dans l'appartement. Chaque fois que son regard tombait sur moi, elle se massait les jointures. Je n'ai pas demandé si c'était pour calmer la douleur de ses doigts endoloris ou pour réchauffer sa main en prévision d'un coup de poing. Quand nous l'avons escortée jusqu'à la sortie, elle n'a pas pu s'empêcher de dire :

– De toute façon, je ne te l'ai pas dit, Louis, mais il y a toujours eu quelqu'un d'autre. Je m'en vais le rejoindre.

Ça a été plus fort que moi. Ses mots sont venus s'écraser sur ma poitrine. Ils m'ont traversée de part en part. J'ai levé les bras et je lui ai écrasé le balai sur la tête. Je l'ai ensuite balayée en bas du balcon en grognant. Louis, la mine déconfite, n'a pas essayé de m'arrêter cette fois. J'ai suivi Sylvie jusqu'au milieu de la rue, le balai au-dessus de la tête. De la bave au bord des lèvres. Les narines dilatées. Louis, nouvellement cocu, n'avait pas envie de rester seul chez lui ce soir avec l'odeur d'Akane sur son oreiller. «Viens. On retourne chez moi.» Il n'a presque rien dit sur le chemin du retour. Il fixait le sac contenant des vêtements de rechange à ses pieds. Je savais toutes les questions qui lui passaient par la tête. Un peu avant d'arriver à destination, il s'est tourné vers moi. En me voyant écrasée au fond de mon siège, le capuchon de fourrure rabattu sur mon visage, le balai d'un côté et la paire de ciseaux de l'autre, il a été pris d'une puissante crise de fou rire. Son corps était parcouru de secousses, ses yeux étaient remplis d'eau. Je me suis mise à rire moi aussi. Nous étions incapables de nous arrêter. J'en avais mal aux abdominaux.

Louis prévoit retourner chez lui bientôt. Faire du ménage, retrouver son nid. Il en parle chaque matin. Et pourtant, il revient chez moi tous les soirs. Je ne lui mets pas de pression. Moi aussi, j'ai peur d'être toute seule.

Ce matin, en sortant du lit, je me suis traînée jusqu'à la douche et j'ai laissé l'eau chaude couler sur ma tête. Je me suis accroupie au fond de la baignoire. Le jet frappait mes vertèbres dorsales, et l'eau s'écoulait le long de mes côtes. Je suis tombée sur le côté, les genoux sur mes seins. J'aurais voulu rester au fond de mon bain tout le temps, sans jamais me relever. J'aurais pu atteindre le fond du réservoir d'eau chaude et me ruiner en hydroélectricité. J'aurais voulu faire pitié, que quelqu'un me prenne dans ses bras et me dise que j'ai raison de détester mon rhume. Et ma vie aussi. J'ai enfilé le pantalon le plus informe que j'ai pu dénicher dans mon placard. J'ai fait exprès de ne pas me laver les cheveux. Je voulais que tous les clients renoncent à se faire masser en me voyant.

Cette stratégie était nulle à chier. Il est trois heures, le téléphone n'arrête pas de sonner à la réception, j'ai déjà fait trois massages et la journée est loin d'être terminée. Je travaille avec une épouvantable mauvaise foi. J'effleure sans énergie les dos qui se présentent à moi. Je m'arrête à tout bout de champ pour avaler une gorgée d'eau. Je soupire bruyamment de fatigue en empoignant une cuisse un peu enveloppée. Je tousse violemment avant d'enduire mes mains d'une généreuse couche de désinfectant.

Pendant ma pause, je respire la vapeur d'un grand bol d'eau bouillante avec du thym. J'entends les conversations de mes collègues à travers la serviette. Je regrette de ne pas m'être droguée avec des décongestionnants de pharmacie. «Martine, il y a quelqu'un pour toi à la réception.» Je relève mon visage rougi par la chaleur. «*My God*, tu serais prête pour une extraction des points noirs, toi.» Je les laisse rigoler dans mon dos.

• • •

Un homme d'une quarantaine d'années se tient près de la vitrine. Il a un début de calvitie et un attaché-case.

– C'est vous, Martine? La massothérapeute?

Je le toise avec suspicion.

– Vous avez l'air malade, vous devriez rentrer chez vous.

– Je suis bien d'accord.

– Je m'appelle Michel.

Merde. Un inspecteur de mon association professionnelle. J'en étais sûre. Je savais qu'un jour, on allait me rendre une visite-surprise. Je vais choper une amende. Je suis contagieuse, sale et je n'ai pas rempli un bilan de santé depuis des siècles. C'est bien ma veine.

– J'ai trouvé ça pour vous.

Il me tend un petit paquet d'enveloppes blanches.

– Je ne comprends pas.

– Pardonnez-moi. Oui. Je m'appelle Michel. Je suis le fils aîné de Lisette. Vous savez qu'elle nous a quittés dernièrement. On s'apprête à vendre la maison et en faisant le ménage, ma sœur a trouvé ces lettres avec une note dessus : Pour Martine, massothérapeute.

– C'est pour moi ?

– Apparemment. Ça me fait drôle. Je croyais que ma mère était trop timide pour fréquenter ce genre d'endroit. Tenez, je vous laisse aussi le carton pour les funérailles. Si jamais…

– Merci.

– Merci à vous. Quoi que vous ayez fait, merci à vous. Soit dit en passant, j'ai moi-même des assurances en naturopathie et je me demandais s'il était possible d'avoir un reçu avec…

– Adressez-vous à la réception.

Je disparais à toute vitesse avec les lettres sous le bras.

● ● ●

Tu sais, mon amour, on dit beaucoup trop de bien de l'amour. On en parle toujours comme d'une richesse incommensurable et pourtant, personne n'insiste sur le fait qu'il peut ruiner toute une existence. Avant de te rencontrer, je n'étais pas heureuse. Et après t'avoir connu, je ne le suis pas devenue. Au contraire, ma vie est bien plus misérable qu'avant. Hubert m'est insupportable. Je me suis mise à le détester. On ne dit jamais à quel point l'amour entraîne la haine.

J'évite mes enfants. Leur vue m'est insupportable. Ils me rappellent que je ne pourrai jamais quitter ma famille. Même si j'allais me perdre dans les Pyrénées, dans une cabane sans eau ni électricité, je ne serais pas libre. Je serai toujours liée à Hubert.

Tu ne réponds pas à mes lettres, Gaizko. Je m'en fous. Il y a bien longtemps que je n'attends plus de réponse de qui que ce soit.

Je suis enceinte. Il est de toi.

À présent, je suis rattachée à toi pour la vie. Comme avec Hubert. Et je pourrais bien finir par te détester. Comme Hubert.

Amoureusement, Lisette

L'écriture est petite, serrée, apprise chez les sœurs. Toutes les lettres sont adressées à Gaizko et aucune n'est complètement terminée. Il y a en des dizaines. Souvent, ce ne sont que de petits bouts de papier. C'est la première fois que je lis les lettres d'une morte. J'ai déposé la photo de la toile de Karel Appel sur l'étagère. Je me promets d'aller faire une visite au musée dès que je serai rétablie.

Philippe est né. Ton fils est arrivé. Tu sais que j'ai voulu lui donner un prénom basque? J'ai pensé à Iñaki, mais Hubert trouvait que ça ressemblait à une marque de voiture asiatique. Et il ne conduit que des américaines. Il y avait Aitor aussi, mais il s'y opposait en disant qu'on allait se moquer de lui dans la cour d'école : Aitor... le bras ! C'est probablement un jeu de mots qui t'échappe. J'ai dû admettre qu'il n'avait pas tout à fait tort. Je l'ai donc appelé Philippe et comme il ne saura jamais qui est son père biologique, ce n'est pas la peine de lui donner un prénom exotique dont il aurait honte.

Je lis une feuille au hasard.

Cher Gaizko,

Parfois je pense à toi et ça me donne mal au cœur. Ou alors des reflux gastriques. Je n'en reviens pas d'avoir dépensé autant d'énergie sur ton cas. Si j'avais eu le quart de cette motivation pour un tout autre sujet comme l'histoire ou l'économie, je serais devenue une femme célèbre dans le monde entier. Peut-être qu'alors tu aurais repris contact avec moi, émoustillé par ma notoriété et mon intelligence. Cela m'aurait vengée de ton indifférence. Je t'aurais fait attendre, patienter, ronger ton frein. Je t'aurais fait regretter tes gestes, je t'aurais fait baver. Tu t'en serais voulu d'avoir laissé passer un tel bijou de femme. Hier, on parlait aux nouvelles d'un attentat à la bombe perpétré par l'ÉTA. Je sais que tu étais sympathique à leur cause. Je me demande si c'est allé plus loin. Si tu es devenu un indépendantiste enragé prêt à se faire exploser. Au début, j'ai cru que je pourrais moi-même

accomplir quelque chose d'excessif pour toi. La dou-
leur était si forte que je pensais mourir. Maintenant,
je t'avoue que je ne pourrais pas m'enlever la vie à
cause de ton absence. Il est resté quelque chose de
pire que la douleur finalement: la résignation et la
peur. J'espère qu'il fait froid dans les montagnes au-
jourd'hui et que tu te gèles le cul.

J'imagine la fille endeuillée de Lisette faisant le tri dans les affaires de sa mère et tombant sur cette pile de lettres scandaleuses. Le drame éclate au grand jour. Les descendants se remémorent des fragments de leur enfance et entament tous une thérapie longue et coûteuse. Avec moi, ici, il n'y a aucun danger. Je dévore les lettres comme une boulimique. Philippe m'est resté en travers de la gorge. C'est comme si je recevais des nouvelles de sa part. Chaque ligne sur sa famille tordue me donne pourtant une raison supplémentaire de me réjouir de son silence.

Le temps passe. Philippe n'est plus un bébé, il a
cinq ans maintenant. Je l'ai amené au parc et je lui
ai parlé de toi. Il me regardait avec des yeux inquiets.
Je crois que les enfants en comprennent plus que ce
que l'on croit. Je lui ai dit que j'avais un ami espa-
gnol, pardon basque, très agréable et très charmant
et que cela me ferait plaisir de le lui présenter un de
ces jours. Au lieu de réagir à ma proposition, il m'a

demandé s'il pouvait manger du chocolat le jour de son anniversaire. Entre le chocolat et toi, ton fils a clairement fait son choix. Je me demande si tu es attristé de ne pas le voir grandir. Il est un peu lent pour son âge, mais je crois qu'il est trop gâté par ses frères et surtout par la bonne. Je le regarde et je suis incapable de le prendre dans mes bras. Et parfois, je pourrais l'étouffer tellement je le serre, tellement je voudrais l'avaler. Mon fils me regarde alors comme s'il avait peur de moi. Tu ne sais pas ce que c'est de mentir tous les jours de sa vie.

Je me doute bien que tu as d'autres enfants avec une autre femme dans ton pays. Je me demande si tu es un bon père. Rassure-toi, je ne pense pas que tu puisses faire pire que moi dans ce domaine. Je me demande souvent à quoi aurait ressemblé notre quotidien si nous avions vécu ensemble. Je crois que cela aurait été merdique. Comme tous les quotidiens. Valait peut-être mieux se quitter avant que ça dégénère. Ma vie tourne en rond. Je regarde dans la boîte aux lettres chaque jour fébrilement en espérant des nouvelles de ta part. Et elle est toujours vide. Même si cela semble au-delà de mes capacités, je suis moi aussi capable de me taire. Il s'agit donc de la dernière lettre que je t'écris. Je n'en peux plus d'écrire à un fantôme. Je n'ai jamais eu d'espoir à notre sujet. Ce n'est pas aujourd'hui que je vais commencer.

Une petite page, arrachée d'un carnet, suit tout de suite après.

Oublie ce que j'ai dit la dernière fois. J'ai eu beaucoup d'espoir à notre sujet. Tu as gâché ma vie. Je voulais que tu le saches. Ce sont vraiment les derniers mots que je t'écris.

Je reconnais Lisette dans chaque mot. J'ai l'impression qu'elle est là, à côté de moi. Avant, je me demandais toujours avec irritation pourquoi on encensait les morts. Une fois trépassés, les gens étaient décrits comme des saints. Mon père a livré un vibrant hommage à sa mère quand elle est décédée. Il avait oublié toutes les occasions où elle lui avait menti et qu'elle l'avait fait chanter. Moi aussi, j'ai oublié. Il ne reste de Lisette qu'une femme allumée et pleine de verve. J'envie son destin. Ses lettres d'amour tragiques.

Salut,
J'ai lu quelque part que les Basques avaient découvert l'Amérique du Nord. Ils venaient y pêcher, mais après, ils retournaient chez eux. Ils faisaient tout ce chemin pour profiter des richesses de la mer, explorer de nouveaux rivages, mais ils retraversaient toujours l'océan. Dans ce cas, est-ce normal de ma part de constater que j'ai des ressemblances avec la baleine ?

Comme tes ancêtres, tu es venu prendre ton pied, mais sans jamais avoir l'intention de rester. Sur le coup, cela ne m'avait pas marquée, mais huit ans plus tard, je trouve que tu aurais pu faire un effort. Soyons francs, tu aurais pu énoncer une proposition en toute quiétude : je ne t'aurais probablement pas suivi, j'aurais eu bien trop peur de laisser ma famille et mon confort canadien pour l'inconnu, mais au moins, j'aurais eu une possibilité. C'est important les chances, dans la vie. Ça change tout de savoir qu'on en a eu une. On regrette peut-être comme une folle de ne pas avoir profité de l'occasion, mais au moins, il y a eu une occasion ! C'est déjà quelque chose ! Excuse-moi, mon amour, je m'emporte. Je dois te laisser parce que les enfants vont bientôt revenir pour le repas du midi et je préfère aller me barricader dans ma chambre.

Un oiseau de papier tombe sur le sol. Le cœur battant, je l'attrape du bout des doigts. Il avait été glissé entre deux enveloppes. Mon nom est écrit sur une des ailes. Lisette aura au moins appris une chose à son fils. Je le déplie lentement.

Merci.
Amitiés, Lisette.

Quelque part, au fond de moi, quelque chose s'apaise.

Je déplie la dernière lettre.

Cher amour,

Ça y est, c'est la fin. Philippe sait. Il est parti. Je sais, cela fait plus de dix ans que je ne t'ai pas donné de nouvelles, mais la situation l'exige aujourd'hui. Il a lu tout ce que je t'ai écrit. J'avais caché mes lettres dans une boîte à chapeaux en haut de ma penderie. Décidément, ma vie n'aura été qu'une suite de mauvaises idées peu originales. Il est venu me trouver dans la cuisine pendant que je regardais madame Dubrovsky qui coupait des oignons sans pleurer. Le visage de Philippe était rouge de colère. Il a lancé les feuilles en criant quelque chose que je n'ai pas compris. Mes lettres sont retombées comme des flocons de neige. L'une d'elles a même atterri sur un rond de poêle ouvert. Il s'en est fallu de peu que le feu prenne.

Je n'ai même pas tenté de le retenir. Je savais bien qu'un jour la vérité allait resurgir. Madame Dubrovsky, qui ne comprenait pas cette crise soudaine de la part de Philippe, habituellement si calme et si posé, n'a pas perdu son sang-froid. Elle l'a pris par les épaules, a essayé de le faire asseoir, mais il s'est mis encore plus en colère. Il a tourné les talons et la porte de la maison a claqué.

C'était il y a deux jours. Il n'est pas revenu. Ses frères ont téléphoné à ses amis, sans succès. De toute façon, les trois quarts du temps, on ne savait pas avec qui ni où il traînait. Philippe peut être n'importe où.

Et si jamais tu le vois, dis-lui de revenir à la maison.

• • •

La trêve que nous avons vécue après la mort de Lisette s'est résolument envolée. Je n'en crois pas mes oreilles. Je la truciderais avec le stylo Bic qu'elle porte à sa bouche. Elle me fait signe de baisser le ton devant les clients.

– Je me suis arrangée avec le patron pour faire une pause. Je suis malade comme un chien. Je ne peux pas masser un client de plus. Je suis malade. Donne le rendez-vous à Louis.

– Le client a demandé que ce soit toi.

– Et alors ? Louis est cent fois meilleur que moi.

Malgré son silence approbateur, la réceptionniste hausse les épaules en signe d'impuissance. Je me dirige vers le salon de décompression pour savoir quel imbécile a eu l'idée de se présenter à la dernière minute pour un massage. Je fige en apercevant Philippe. Un frisson me parcourt la colonne vertébrale. Il m'adresse un sourire embarrassé. Je lui fais signe de me suivre jusqu'à ma cabine. Par quoi est-ce qu'on commence ? Son absence de la dernière fois ou la mort de sa mère ? J'aurais préféré ne jamais le revoir. Je suis encore bouleversée par les lettres de Lisette. J'aurais eu besoin de temps pour digérer tout ça. Son fils m'apparaît comme une larve sans énergie. J'ai envie de le secouer pour tout ce qu'il m'a fait endurer depuis les derniers mois. Je sens monter en moi une pulsion irrésistible. Mon comportement des dernières semaines avec Maurice et Sylvie n'augure rien de bon. Je ne peux plus jurer de rien. À sa place, j'aurais peur. Moi qui croyais avoir atteint le fond du baril aujourd'hui, je constate avec découragement que Philippe me fait sentir encore plus moche. Et cela ne fait qu'exacerber mon envie de frapper quelqu'un. Une fois la porte fermée, il me touche le bras.

– Je te conseille de ne pas me toucher, j'ai le rhume.

– Désolé.

– Ce n'est pas de ta faute.

– Je parlais de l'autre fois.

Philippe se lance dans une explication décousue, passant de son emploi du temps chargé à sa peur chronique de l'engagement amoureux. Ma colère s'éteint devant des arguments si convenus et ennuyeux. J'en profite pour me moucher. «Tu comprends, je pense que je préfère qu'on en reste là. Qu'on reste amis.» Je me retiens de lui dire que je n'ai jamais été son amie. «J'aimerais aussi continuer à recevoir des massages. Tu me fais tellement de bien. De mon côté, il n'y aurait pas de malaise et j'imagine que c'est facile pour toi de distinguer les deux. Le toucher thérapeutique et celui plus… personnel. » Et le coup de pied dans le cul, tu crois qu'il entre dans quelle catégorie ?

– Lisette est morte, Philippe.

Bang. Comme un *uppercut* sur la mâchoire. Je n'ai pas envie de perdre mon temps. Philippe reste impassible, comme si je venais de parler en polonais. Je recommence. « Ta mère. Lisette. Ta mère. Elle est décédée. Je suis désolée. » Un nerf sur sa tempe frémit légèrement. Lentement, ses lèvres s'entrouvrent et se referment.

– Je pense que je ne comprends pas.

– Je connais ta mère. C'était une cliente en massothérapie.

Je laisse le temps aux informations de venir se fracasser, une à une, au fond de ses yeux. Je sors la preuve et la lui mets sous le nez. « J'ai le carton pour les funérailles. » Il le fixe pendant de longues secondes. Un petit doute traverse mon esprit. C'était peut-être un peu raide, mon affaire. Pour la première fois, je me demande si c'était vraiment à moi de lui annoncer une telle nouvelle. Cela me semble dépasser mes compétences. Et pourtant, il m'est impossible de reculer. Au fond, j'aimerais qu'on soit deux à ressembler à des épaves. Tant pis, je continue.

– Elle t'a vu au spa un jour. Tu venais me voir pour te faire masser. Elle s'est arrangée pour prendre rendez-vous avec moi. Elle voulait entrer en contact avec toi. C'était le seul moyen qu'elle avait trouvé.

– Elle t'a parlé de moi…

– Un peu.

– Elle t'a dit l'essentiel…

– L'essentiel ?

– La vérité.

– La vérité, c'est un bien grand concept. Chaque personne détient un peu sa propre…

– Arrête, Martine ! Elle t'a parlé de Gaizko, oui ou non ?

Il a crié. Lui-même en a été étonné. Il secoue la tête et agite les mains dans un geste d'apaisement. Je lui jette un regard noir et mets la chaîne stéréo en marche. *Sommets des Andes* – vingt-quatre solos de flûte de pan – se met à jouer comme dans un mauvais rêve.

– Excuse-moi. Je ne voulais pas crier. C'est important pour moi de savoir, tu comprends ? Elle t'a parlé de son histoire avec Gaizko ?

– Oui.

– Qu'est-ce qu'elle t'a dit exactement ?

– Tu dois le savoir. C'est la tienne aussi.

Philippe a vieilli de dix ans. Il est en sueur, le souffle court, le visage rouge. Il ne pleure pas, mais ses yeux cherchent vainement un endroit où se poser.

– Ne commence pas, s'il te plaît, Martine. C'est important pour moi. Qu'est-ce qu'elle t'a dit ?

– Que c'était l'amour de sa vie. Et que c'est ton père. Elle te l'avait toujours caché, comme au restant de la famille. Elle a dit que tu avais trouvé des lettres d'amour qui t'ont fait quitter la maison familiale. Et que depuis dix ans, elle n'avait plus de nouvelles de toi. Elle avait le cœur déchiré.

– Tu me juges ?

– Non. Tu ne vas pas commencer toi aussi. Ta mère aussi me l'a fait le petit numéro du reproche. Exactement à l'endroit où tu te trouves en ce moment. Tu te prends pour qui et tout le tralala… Vous êtes forts là-dedans. Je me prends pour rien, O.K. ? Pour rien. C'est vous qui me prenez pour quelqu'un. C'est vous qui me mêlez à vos histoires de malade mental !

Ça fait du bien. Épuisée, je m'affale sur la table de massage en prenant la boîte de papiers-mouchoirs sur mes genoux. Il se passe vigoureusement les mains sur le visage et dans les cheveux.

– Comment elle était ?

– Elle faisait du bénévolat au musée.

– Elle devait en profiter pour aller chialer devant la toile de Karel Appel. Elle n'aura jamais décroché finalement. Une vraie tête de cochon. Quand j'étais petit, les seules fois où madame daignait sortir sa marmaille, c'était pour l'amener au musée. Ça me faisait tellement chier. On répétait toujours la même chorégraphie. On commençait par les œuvres du XVIIIᵉ et du XIXᵉ siècle, puis on passait aux plus modernes. On finissait toujours devant *Portrait de Sir Herbert Read* de Karel Appel peint en 1962. Et méthodiquement, consciencieusement, ma mère démolissait le tableau en insistant sur ses défauts. Il fallait la tirer par le bras parce que sinon, elle serait restée jusqu'à la fermeture. C'est en lisant ses lettres que j'ai compris que la toile avait quelque chose à voir avec son amant. Ça te dérange si je te parle de tout ça ?

– C'est toi qui payes.

– Ce n'était pas vraiment des lettres. Plus des extraits de lettres. Sur le coup, j'ai pensé que c'était encore un de ses délires. Mais ça expliquait tellement de choses. Tellement de regards que j'ai surpris sur moi. Elle me disait toujours que j'étais différent, spécial. J'avais droit à des sorties supplémentaires avec elle. Ça, c'était le pire. Elle m'amenait au parc. Elle me parlait de l'un de ses amis que j'aurais beaucoup aimé si j'avais pu le rencontrer. Un jour, elle s'est mise en tête de me faire suivre des cours d'espagnol. Mon père n'a jamais cédé, je suis allé dans une colonie de vacances aux États-Unis comme mon frère. Elle avait demandé à Olga de me tricoter des bas avec le symbole basque, le *lauburu*. Olga a refusé en pensant que c'était une croix gammée. Tout le monde pensait qu'en plus d'être folle, ma mère était devenue nazie.

Il s'arrête un moment. Lui-même n'est pas habitué d'entendre sa voix aussi longtemps.

– Je suis parti de la maison, mais j'avais l'intention de revenir. C'était juste pour la blesser. Je suis allé habiter chez deux de mes amis qui vivaient en appartement près de l'université. On s'est pété la face. Je n'allais plus à mes cours, j'étais au bac en littérature. Au bout d'un mois, mes amis n'arrivaient plus à me faire vivre et je ne voulais pas retourner à l'école ou aller chez moi. Je n'avais jamais travaillé de ma vie. Un enfant de riche avec les mains blanches. J'ai joint mon père. Je me suis présenté à son bureau du centre-ville. Il était content de me voir. Il voulait jouer au papa fâché, mais j'ai bien vu qu'il était content et soulagé de me savoir en vie. Je lui ai demandé une pension alimentaire. Il s'est mis à me sermonner en me répétant que je devais prendre mes responsabilités. Il m'a tellement fait chier que je lui ai raconté ce que j'avais découvert. J'ai même inventé des bouts. J'ai dit que ma mère avait revu Gaizko à plusieurs reprises. Il m'a écouté sans lâcher son crayon, assis derrière son bureau. Il ne répondait pas. Son silence me pompait encore plus. J'ai continué en disant qu'il n'était pas mon père biologique, que mon vrai père était en Espagne. À ce moment-là, il est sorti de son coma. J'ai pensé qu'il allait me frapper, mais il s'est contenté de me regarder par-dessus ses lunettes en classant ses dossiers. Il m'a dit de le mettre au courant le jour où j'allais rencontrer mon père. Il avait une facture à lui refiler. Je suis parti en claquant la porte. Je me suis pris trois *jobs* en même temps et quand j'ai eu assez d'argent, je suis parti en Europe.

Philippe est nerveux. La sueur perle sur son front. Il gratte compulsivement les jointures de sa main droite qui deviennent rouge vif.

– Avec les lettres de ma mère, j'avais trouvé un bout de papier avec l'adresse de Gaizko. Celui-là, je l'ai gardé. J'ai pris l'avion jusqu'à Paris et ensuite le train jusqu'à Hendaye, sur la côte ouest de la France. C'est la dernière ville française avant l'Espagne et la province de Gipuzkoa. J'ai passé la nuit dans le train, incapable de dormir à cause du décalage horaire et parce que j'étais trop nerveux. J'avais eu un an pour fabuler sur mon père biologique, le grand amour de ma mère. J'imaginais des retrouvailles émotives. Comme à la télé, avec des ballons, des larmes et des excuses. J'étais prêt à m'installer là-bas, à changer de vie. Je me suis rendu jusqu'à Donostia. C'est une grosse ville sur le bord de l'Atlantique. Je suis embarqué dans un autre train, mais cette fois-ci, plus petit et plus inconfortable

pour aller dans les Goierri, les *villages d'en haut.*
On s'éloignait de la mer, il y avait de plus en plus
de brebis, agrippées à la verticale sur les montagnes. Dans les grandes villes, j'arrivais à me débrouiller avec l'espagnol, mais perdu en campagne
avec des fermiers qui parlaient juste le basque, je ne
comprenais plus rien. Ce n'était pas grave, j'avais
l'impression de voler, de faire un voyage initiatique
pour retrouver mes origines. Je devais tellement
avoir l'air d'un *backpacker* nord-américain ridicule.
Je me suis arrêté à Aizarnazabal, le village écrit sur
le bout de papier. Est-ce que j'ai besoin de te dire
que j'étais le seul qui descendait là ? C'était l'aube.
L'herbe était enduite de rosée. Je suis entré dans
ce qui me semblait être un bar. Je ne m'étais pas
trompé : des hommes pleins de couperose buvaient
déjà du vin en silence. En montrant mon papier, j'ai
compris que tout le monde connaissait Gaizko. Ils
se sont tous mis à parler en même temps, à me faire
des signes pour me montrer les directions à suivre.
Je suis ressorti dehors avec tellement d'espoir. Je suis
arrivé complètement épuisé à la ferme de Gaizko.
Elle était au bout d'un rang qui montait dans les
montagnes. Rendu là, on ne voyait plus du tout le
village. C'était dégueulasse. La ferme avait été laissée
à l'abandon depuis des années. Je me suis fait accueillir par un chien galeux qui n'arrêtait même
pas de se gratter pour aboyer. Des poulets tout

maigres se promenaient librement devant la maison. Le toit semblait sur le point de partir au vent. Je me souviens plus exactement de la traduction, mais Aizarnazabal, ça a quelque chose à voir avec le vent. Un vent violent qui souffle sans arrêt. Il faisait grincer les clôtures rouillées, les branches des arbres chancelaient dangereusement. Laisse-moi te dire que la pauvreté ne faisait pas partie de mon plan enchanté de retrouvailles père-fils. La porte d'entrée s'est ouverte et un bonhomme à moitié saoul s'est accoté dessus en me criant des mots pleins de consonnes. Il portait une camisole blanche avec de gros cernes jaunâtres sous les aisselles. Je me suis approché en criant : « Gaizko ? Gaizko ? Canada ? », mais le vent partait avec mes mots. Ses yeux noirs étaient vitreux, il dégageait une odeur épouvantable. Ça non plus, un père qui pue aux dents jaunes, ça ne faisait pas partie de mon plan. Il a acquiescé quand j'ai pointé un doigt vers sa poitrine : « Gaizko ? » C'était lui. C'était lui le Che Guevara de ma mère. Mon rêve était en train de partir au vent. J'ai essayé de lui faire comprendre que j'étais son fils, que je venais du Canada. Il essayait juste de se tenir debout sans partir avec la première bourrasque. Le cabot plein de puces est venu se frotter contre sa jambe. J'ai répété plusieurs fois le nom de Lisette. C'est en disant « Montréal » que ses yeux, jusque-là inertes, se sont réveillés. Il est parti à rire en grattant le cou plein de galles de son bâtard. Un rire sale et gras. De ses deux mains crasseuses, il a dessiné un corps de femme dans l'air pour me signifier que ma mère était un bon coup. Ça m'a mis dans une colère noire. Pour lui, c'était un vague souvenir agréable de sa jeunesse. Pour moi, c'était toute ma vie. Je l'ai frappé. De toutes mes forces. En pleine face. Il ne se défendait pas. Il est tombé par terre, mais j'ai continué à le frapper, à donner des coups de pieds dans ses côtes. Il sursautait comme une poupée de chiffon. Du sang lui sortait du nez et de la bouche. Je voulais me venger de tout. Si je ne m'étais pas arrêté avant, j'aurais mis le feu à sa maison. Gaizko gisait sur le sol, complètement inerte. J'ai redescendu la côte en courant jusqu'au bar. Il restait juste le propriétaire. Évidemment, il n'a rien compris de ce que je disais, mais à mon air paniqué, il a saisi que quelque chose s'était passé en haut. C'est la police qui est venue me chercher le soir même. J'ai passé trois jours en prison sans qu'on me dise rien. Je n'avais aucun numéro de téléphone de référence à donner. J'étais seul au monde. Finalement, un policier est venu me voir. Gaizko n'avait pas porté plainte contre moi. J'étais libre. Mais il m'a fait comprendre que pour ma sécurité, il valait mieux que je déguerpisse au plus vite. Je n'ai jamais arrêté de penser à ce qui s'était passé ce jour-là à Aizarnazabal. Gaizko avait peut-être compris que j'étais son fils. Mais ce n'est pas à cause de lui que je n'ai jamais voulu reparler à ma mère.

– Pourquoi alors ?

– Un matin, je me suis levé et je me suis regardé dans le miroir. Je ressemble tellement à Hubert que ça en est grotesque. Je suis grand, mince, les yeux verts et les bras trop longs. Gaizko était petit, ténébreux avec des yeux noirs enfoncés dans leurs orbites. C'est pour ça que Lisette a été si bouleversée de découvrir que j'avais lu les lettres. Parce qu'elle savait que leur contenu était un tissu de mensonges. Je n'ai jamais été le fruit de son grand amour. Il n'est rien né de son union avec lui. Qu'elle ait trompé mon père avec un alcoolique des montagnes, ça ne me dérange pas. Qu'elle ait été la victime de son époque, malheureuse et contrainte d'élever une famille, je suis capable de le comprendre. Mais ma mère a bâti sa vie sur des fantasmes et j'ai failli gâcher la mienne pour des fantasmes. Ça, je n'ai jamais été capable de le lui pardonner.

Il se lève d'un bond en prenant son manteau.

– Maintenant, tu m'excuseras, mais j'ai un deuil à faire…

Je reste seule, quelque part en Espagne dans un village au nom imprononçable de maladie vénérienne. Je suis rassurée par ma normalité. J'ai deux parents qui sont mes vrais et je n'ai jamais défoncé la face de personne jusqu'à ce jour. Même si ce n'est pas l'envie qui a manqué. Massothérapeute ou non, je compatis avec Philippe. Je lui souhaite tout le bonheur possible. Je ne voudrais pas qu'il meure tragiquement sous les roues d'un camion en traversant la rue.

• • •

Avec une boîte de mouchoirs comme prolongement de mon bras droit, je me dirige vers la salle d'attente. Quelques esthéticiennes chuchotent autour de l'ordinateur. L'une d'elles, frisée comme une brebis basque, s'illumine en me voyant arriver. Je suis immédiatement absorbée par leur groupe au parfum fleuri.

— Martine. T'es là. On commençait à s'inquiéter. Ta cliente est vraiment *pissed off*. Son amie est partie depuis trente minutes avec Louis pour se faire masser. C'est celle qui est assise là-bas avec le foulard beige.

Je jette un œil.

— Vous voulez dire celle qui a l'air d'avoir dépensé récemment cinq mille dollars en injections de Botox et qui ne peut plus exprimer autre chose que le sentiment de neutralité ?

Ma question les fait pouffer de rire comme des écolières dans une bibliothèque. Elles me suivent du regard alors que je me dirige vers la dame. Dès que cette dernière me voit et comprend que je suis sa thérapeute, elle se lève comme un ressort. Elle est tellement en colère que les coutures de son *face-lift* menacent de céder. Elle me lasse déjà. Je sais d'avance que je ne pourrai pas supporter de me faire engueuler par madame Frankenstein. D'un ton indigné, elle répète que mon comportement est inadmissible, qu'elle est venue accompagnée d'une amie et qu'elles n'auront pas fini leur séance en même temps. Je cherche comment la faire taire autrement qu'en m'excusant.

– Ma mère est morte ce matin.

C'est épouvantable, c'est immoral un pareil mensonge. Ça ne se fait pas. Je dépasse les bornes, je sais. Mais quelle satisfaction, quel bonheur de voir le visage de mon interlocutrice hésiter entre une série d'émotions qu'il n'est malheureusement plus en mesure d'exprimer. Confuse, ma cliente finit par marmonner une sorte d'excuse avant de me suivre vers ma cabine.

Une fois à l'intérieur, j'éternue à quelques reprises, le corps parcouru de frissons. Ce rhume est tenace. Ma cliente me regarde comme si j'avais la peste. Je lui souris en me mouchant le plus bruyamment possible et en me curant les narines avec le papier en tire-bouchon. Si elle savait le nombre de clients grippés qui me font le coup sans s'inquiéter que cela puisse me déplaire. Dégoûtée par mon nettoyage nasal, elle détourne le regard et énumère une série de demandes que j'écoute à peine. Elle se plaint tour à tour de son nerf sciatique, des raideurs au bas de son dos, de la fraîcheur de la pièce.

Je sors en lui demandant de s'allonger sur le ventre. Dans le couloir, l'envie me prend de m'en aller. Comme ça. Prendre mon manteau et foutre le camp. Sans avertir quiconque et encore moins ma cliente. Je l'imagine en train de m'attendre un autre trente minutes, le visage comprimé dans le trou de l'appui-tête, à poil sous les draps tandis que je marche dans la rue. En dix minutes, je pourrais déjà être loin.

Je retourne dans la pièce. Ma cliente s'est sagement allongée sous les draps. Je n'ai pas le goût de *donner*. Je n'ai pas le goût de *masser*. Je ne sais plus comment faire. La plupart des actions que j'accomplis chaque jour ne servent à rien, et d'habitude, je m'en fous, mais aujourd'hui, leur inutilité m'est insupportable. Elle m'écœure et me fatigue à la fois. Lisette était rongée par le remords. Elle regrettait ses choix. Elle avait l'impression d'avoir tout gâché. Je me sens pareil. Je gâche tout, mais sans adultère, sans secrets, sans interdits. C'est pire, je gâche tout en ne faisant rien.

Mon nez se remet à couler. Un petit filet léger comme de l'eau, mais ininterrompu. Je déchire un kleenex et chiffonne chaque moitié en une boule que je rentre profondément dans mes narines. Les mouchoirs dépassent. C'est absolument inesthétique, mais ça absorbe l'écoulement.

Je m'apprête à dévoiler le dos de la dame quand quelque chose m'agresse et me hérisse le poil des bras. *Sommets des Andes* – 24 solos de flûte de pan – joue pour la quinzième fois de la journée. Ce disque me rappelle de mauvais souvenirs. Je le casse en deux et jette les morceaux dans la corbeille. À côté de la chaîne stéréo, je trouve un coffret flambant neuf comprenant trois disques : *Baleines d'espoir, Baleines autour du monde, Baleines au clair-obscur.* Je prends le premier pour l'espoir et ajuste le volume au maximum. Ça donne le goût d'encourager les chasseurs japonais en Arctique.

Je retourne vers ma cliente qui n'a pas bougé. Elle doit bouillir de rage. C'est un état que je comprends. En d'autres temps, j'aurais pu faire preuve d'une sincère empathie. Je dépose mes mains sur son dos. J'ai beau leur ordonner de rentrer en action, rien ne bouge. Non. Je n'irai pas plus loin. Je me laisse tomber sur la femme. Je m'affale sur sa colonne vertébrale, la joue sur son omoplate. Je ferme les yeux. J'abandonne tout. Ma colère, mes amours déçus, ma culpabilité, ma solitude. Surtout elle, ma solitude bête et lancinante qui vient vieillir ma jeunesse. Je sens la chaleur d'une autre personne réchauffer ma peau. Je reste immobile et respire profondément. À chaque expiration, mon diaphragme se relâche. Les larmes me montent aux yeux. J'ai hâte qu'elles coulent.

– Vous êtes folle ou quoi?

Le dos sous ma tête se met à se tortiller. J'essaie de le maintenir en place en poussant un peu avec mon corps, mais cela ne fait qu'exacerber son agitation. Je me fais penser aux cow-boys dans les rodéos essayant de maintenir leur équilibre sur des taureaux enragés. Je suis obligée de me relever. La cliente se redresse sur ses mains, la fumée lui sort par les oreilles.

– Quel est votre problème, mademoiselle?

– Je ne sais pas, madame. Justement, je ne sais pas.

Et cela me soulage tellement de l'entendre, cela me fait tellement de bien que j'en pleure de joie. Les larmes que j'ai attendues se mettent enfin à couler. Une partie d'entre elles sont immédiatement absorbées par les kleenex qui dépassent de mes narines. La cliente se relève et remet ses vêtements à la hâte. «Je vais porter plainte. Vous allez en entendre parler.» Encore en train de reboutonner sa blouse, elle ouvre la porte. La lumière jaillit. Éclatante et éblouissante. Tranquillement, je remets mon manteau, ma tuque et mon foulard. J'exécute chaque geste avec précision et lenteur. Ne me cachant pas. Ne fuyant rien. La cliente, à moitié hystérique, s'est mise à crier. Des pas précipités traversent le couloir. Empoignant mon sac, je sors de la pièce. La réceptionniste roule de grands yeux.

– Qu'est-ce que ça veut dire, Martine ? Tu viens de dépasser les limites. Tu vas aller t'excuser immédiatement. Et je ne peux pas te garantir que tu vas garder ta place ici. C'est inacceptable.

– *Che confusione, sarà perché ti amo. È un' emozione che cresce piano piano....*

À gorge déployée, je me mets à chanter un air *pop* des années 1980. À dix ans, j'ai passé tout un été à l'écouter sur le tourne-disque familial. Un voisin originaire de Naples m'avait donné le quarante-cinq tours en cadeau pour mon anniversaire. Mon père, écœuré d'entendre la même mélodie cinquante fois par jour, avait fini par le casser sur son genou. *«Io canto al ritmo del dolce tuo respiro. È primavera, sarà perché ti amo...»*

Alertés par ma voix, mes collègues sortent précipitamment de leurs cabines et sont témoins d'un spectacle surréaliste. Je chante dans un italien approximatif en claquant des doigts sous le regard interdit de la réceptionniste. Passée la surprise, une esthéticienne aux mèches mauves se met à balancer du bassin, le sourire aux lèvres. «*E se l'amore non c'é basta una sola canzone. Per far confusione fuori e dentro di te.*»

Louis apparaît dans le couloir. Sa mâchoire tombe en m'apercevant. J'attrape sa main et exécute un petit tour. Il ne peut s'empêcher de rire et me fait même tourner une autre fois, pour le spectacle. Avant de me laisser aller, il me chuchote à l'oreille. «On se voit tout à l'heure.» Il me rattrape par le triceps. «Enlève les mouchoirs que t'as dans le nez. Ça ruine l'ensemble, je dirais.» Je passe devant ma cliente en chantant. La réceptionniste est sortie de son mutisme et me scande de me taire pour respecter le calme des lieux. Tout le monde me suit alors que je me prépare pour la finale. «*Ma dimmi dive siamo. Che confusione! Sarà perché ti amo.*»

Plus douée, j'aurais ajouté une petite pirouette. Je soupçonne certains de mes collègues de se retenir pour ne pas m'applaudir. Je termine avec une révérence avant d'ouvrir la porte. Les esthéticiennes me soufflent des baisers. Une cliente avec un masque facial en argile m'envoie la main. La réceptionniste est sur le point d'exploser. Elle va me manquer, celle-là.

• • •

Le vent glacial me fait l'effet d'une gifle. La neige qui virevolte m'oblige à enfoncer mon capuchon et à baisser la tête. Je m'empresse de m'éloigner du spa au cas où le patron aurait envie de se venger en me balançant une table de massage par la tête. La chanson italienne s'est brutalement tue. Les piétons se pressent sur le trottoir. Je me fais presque renverser par un homme parlant au téléphone. Je fourre mes mains dans mes poches. J'ai dû oublier mes gants dans ma cabine. Les flocons s'abattent à l'horizontale sur mon visage, j'ai de la difficulté à garder les yeux ouverts. Je distingue à peine les voitures dans la rue. Je me fais bousculer par un groupe d'adolescents sans manteau. L'humidité débouche mon nez pendant un quart de seconde seulement. Une dame, les bras chargés de sacs et exaspérée par ma lenteur, me dépasse en accrochant mon épaule. Le froid s'immisce à travers mon duvet bon marché. Je grelotte déjà. Décembre au Canada n'est pas le mois idéal pour errer sans but en prenant l'air du temps.

Bon. Quelqu'un aurait-il la gentillesse de me dire ce qui m'a pris? Cette fois-ci, c'est vrai. Après des années à fantasmer sur le sujet, je ne suis plus employée au spa. J'ai officiellement remis ma démission. J'ai la chienne. La peur me secoue les entrailles. Je n'ai pas de plan B. Je n'ai rien du tout. Je regrette mon petit numéro de comédie musicale.

Qu'est-ce qui m'a pris? Je n'aime même pas la comédie musicale! Je pourrais peut-être me faire réembaucher en les suppliant à genoux, en acceptant une diminution de ma commission, en pliant toutes les serviettes pour les dix prochaines années? Je jure de me comporter correctement, de ne pas médire sur les clients, de ne pas couper sans raison leurs séances!

Je m'oblige à continuer à marcher sans regarder en arrière. J'essaie de reprendre mes esprits, de me calmer. Il doit bien me rester un peu d'orgueil quelque part. Je ne peux me résoudre à m'enfermer chez moi. Je n'ai pas envie d'aller me recroqueviller dans un coin. J'aurais surtout envie de raconter à quelqu'un ce qui vient de se passer. Si je téléphone à ma mère, elle sera si inquiète de moi que je risque fort de retourner au spa en sanglotant. En y réfléchissant, seule Lisette aurait pu apprécier mon récit à sa juste valeur. Elle seule aurait été en mesure de savourer la créativité de ma démission. Elle seule aussi aurait été assez honnête pour me dire qu'il était plus que temps que je foute le camp.

Je continue à marcher même si je ne sais pas où aller. Je me répète toutes sortes d'encouragements bidon pour me donner du courage: «Ça pourrait être pire. Tu pourrais avoir commis un meurtre. Tu pourrais vivre en Afghanistan.» Si j'arrête, je vais chier dans mes culottes. De peur et d'angoisse. Alors, je ne m'arrête pas. Je n'ai plus rien à perdre aujourd'hui. Je n'ai plus de prétendant. Je n'ai plus d'emploi. Selon toutes les lois cosmiques et l'émission du docteur Phil, il devrait se produire un événement fantastique. Mais pour le moment, je commence juste à avoir très froid.

L'hiver finit par avoir raison de moi. Écœurée par l'orgie de décorations de Noël lumineuses à l'extérieur, j'entre dans une bouche de métro au hasard. Je m'achète des cochonneries au dépanneur minuscule tenu par un Pakistanais. Des oursons de gélatine aux couleurs éclatantes, des cerises acidulées qui font exploser les papilles gustatives, des framboises suédoises qui viennent autant de la Suède que le massage du même nom. En l'honneur de mon métier, j'en achète un deuxième paquet. Je vais les manger à la santé de Louis et de mes collègues. Ayant depuis longtemps privé mon système digestif de sucre raffiné, j'ai déjà un *buzz* en arrivant sur le quai. Je n'ai pas remarqué dans quelle direction je vais. Je m'en fous. Quelqu'un m'a un jour raconté qu'il avait passé sa journée à faire des allers-retours dans toutes les lignes de métro et que cette expérience s'était révélée très efficace pour passer le temps. Je ne partage pas son enthousiasme, mais au moins, je vais avoir l'impression d'aller quelque part.

Je n'ai pas le temps de m'asseoir que mon train arrive. Les dents collées par une épaisse couche de glucose rouge, je reste figée. Mon cerveau ordonne à mes pieds de rentrer en action, d'avancer, mais ils restent là. Le métro s'immobilise. Les portes s'ouvrent, des passagers en sortent tandis que d'autres y entrent. Vas-y. Entre.

Les portes se referment et le métro repart. Je m'écrase sur le banc. Pour faire passer la boule qui s'agglutine au fond de ma gorge, j'avale une autre poignée de framboises suédoises. Elles sont un peu raides, le Pakistanais ne doit pas renouveler son stock fréquemment. Si ça se trouve, elles datent peut-être de ma naissance. À leur contact, mes mâchoires se crispent. Je reste dans cette position. Seul mon cœur se met à battre plus rapidement. J'ai une vision ; je vais rester là des années, sur ce banc de métro, prenant de l'âge au milieu du passage indifférent des usagers, devenant muette. Ma vie va s'arrêter ici. Je ne remonterai plus jamais à la surface de la Terre. Quand ils vont s'apercevoir que je suis morte, seules les framboises suédoises dans ma bouche ne se seront pas décomposées. La boule au fond de ma gorge continue de grossir.

Je sens un léger courant d'air à ma droite, comme quelque chose qui tombe. Je n'ai même pas besoin de tourner la tête pour savoir qu'il s'est assis à mes côtés. Au fond, j'espérais ce moment.

– Vous avez besoin de quelqu'un pour vous guider dans le wagon, Maurice ?

– Non.

– Ça tombe bien parce que je ne m'en sens pas la force aujourd'hui. J'ai quitté mon emploi. Demandez à quelqu'un d'autre de vous rendre ce service si vous voulez partir.

– Message reçu.

Nous restons assis en silence pendant qu'un autre train arrive. Encore une fois, je reste sur mon siège. Je n'essaie même pas de me lever. Les bonbons me donnent mal au cœur. Je regarde quelques passagers se diriger vers les escaliers mécaniques. En quelques secondes, le quai se vide de nouveau. Comme la marée qui se retire.

– Qu'est-ce que vous allez faire maintenant ?

– Je ne sais pas. Vous avez une proposition ?

– Non.

– Vous connaissez le tarot ?

– Un peu.

– Je suis allée me faire tirer aux cartes dernièrement par une fausse Japonaise aux cheveux frisés, adepte du sexe tantrique.

– Intéressant.

– Pas tant que ça. J'étais un peu déçue en partant.

– Pourquoi ?

– Je pensais que les tirages aux cartes étaient plus clairs que ça. Je pensais qu'elle me dirait des prédictions du genre : « Tu vas mourir tel jour à telle heure. » Des affaires concrètes.

– Vous auriez voulu savoir à quelle heure vous allez mourir ?

– Pas nécessairement. Mais il me semble que j'aurais mérité juste une donnée claire sur mon avenir.

Personnellement, j'ai toujours pensé que si la technologie le permettait, chaque personne devrait avoir le droit de regarder dans son futur. Juste une petite minute à la fois, une ou deux fois par année, mais suffisamment longtemps pour se calmer les nerfs. Ainsi, il serait possible de savoir si on est en train de tout rater. Après, je ne perdrais pas mon temps à tomber amoureuse de gens qui m'abandonnent sur des balcons, par exemple. Ou à m'acheter des vélos dont les pneus finissent par crever. À manger du cru pour la longévité pour finalement mourir à quarante ans d'un accident de voiture. À avoir une aventure avec un bozo européen qui va me hanter toute ma vie. À écrire des lettres qui vont ruiner mon existence. À aller me perdre dans des villages de vent pour battre un alcoolique en camisole. Toutes sortes de choses inutiles. Je ne perdrais pas mon temps à aider des individus qui vont attendre d'être morts pour me remercier, à m'attacher à des gens exécrables qui vont finir par partir et me manquer en plus.

– Qu'est-ce que vous allez faire, maintenant, Martine ?

J'hésite entre la vérité ou ce qu'il serait convenable de répondre. « Je vais me retrousser les manches, compléter ma formation en cranio-sacré et envoyer mon curriculum vitæ à d'éventuels employeurs ! » Franchement, j'entrevois peu de possibilités. Le futur est terrible pour les gens sans envergure comme moi. Au fond, je vais faire ce que je fais en ce moment et ce que j'ai toujours fait, je vais me retenir. De dire ce que je pense, de déplaire et de faire du bruit. Comme ça, tout ira pour le mieux. Je n'aurai pas de tableau devant lequel aller pleurer au musée. Tant mieux. Je vais tellement être bien. Tellement bien, merde.

Mes cheveux ont collé sous ma tuque. La sueur coule le long de ma colonne vertébrale entre mon soutien-gorge et mon t-shirt. Maurice approche sa main de mon visage. Doucement, il passe le côté extérieur de son index sur ma joue. Je sens la fine couche de corne qui le recouvre. Les poils microscopiques de mon duvet se hérissent un à un. Il déplie les doigts et dépose sa paume. Les coussinets sous ses métacarpiens sont glacés sur ma peau brûlante. Je peux sentir leur fraîcheur jusque sur mes dents. Quand Maurice retire sa main, son empreinte reste enfoncée plusieurs secondes avant que mon épiderme l'efface en reprenant sa forme initiale.

Instantanément, mon corps encaisse d'un coup le redémarrage du monde autour de moi. Je suis envahie par l'odeur des pneus grillés par les freinages répétés, les framboises synthétiques, le quai rempli de passagers, la rumeur sourde indiquant l'arrivée imminente du prochain train. Les gens se rapprochent de la rame. Je me lève. J'ai un peu le vertige d'être debout et cela n'a rien à voir avec les bonbons. J'avance d'un pas. Maurice est resté assis derrière moi. Il ne me donne pas la main. Je m'avance encore pour me mêler à la foule tandis que dans un vacarme assourdissant, le métro s'arrête. Et pour la première fois, sans l'avoir cherché, je suis pile devant les portes ouvertes.

Achevé d'imprimer sur les presses
de Transcontinental Métrolitho
à Sherbrooke, Québec, Canada.
Deuxième trimestre 2009